麦克尤恩作品 | Ian McEwan

The Comfort of

Strangers

只爱陌生人

[英] 伊恩·麦克尤恩————著

冯涛————译

上海译文出版社

我们怎能居留在两个世界

女儿和母亲

却待在儿子的王国

阿德里安娜·里奇①

① 里奇(Adrienne Cecile Rich,1929—2012)是美国著名女同性恋诗人、随笔作家和女性主义者,被誉为"本(20)世纪后半叶读者最多、影响最大的诗人之一"。作为题词的这三行诗出自里奇的诗作《兄弟姐妹间的秘密》中的一段。

旅行可真是野蛮。它强迫你信任陌生人，失去所有家庭和朋友所带给你的那种习以为常的安逸。你不断地处于失衡状态。除了空气、睡眠、做梦以及大海、天空这些基本的东西以外，什么都不属于你，所有的一切都像要天长地久下去，要么就只能任由我们的想象。

　　　　　　　　　　　　切萨雷·帕韦斯①

一

　　每天午后，当科林和玛丽旅馆房间里暗绿色的百叶窗外面的整个城市开始活跃起来的时候，他们才会被铁质工具敲打铁质驳船的有规律的声响吵醒，这些驳船就系泊在旅馆的浮码头咖啡座边上。上午的时候，这些锈迹斑斑、坑坑洼洼的船只因为既没有货物可装又没有动力可用，全都不见影踪；每天到了傍晚它们又不知从哪儿重新冒了出来，船上的船员也开始莫名所以地拿起锒头和凿子大干起来。也正是在这个时候，在阴沉沉的向晚的暑热当中，客人们才开始聚集到浮码头上，在镀锡的桌子旁边坐下来吃冰淇淋，大家的声音也开始充满了正暗下来的旅馆房间，汇成一股笑语和争执的声浪，填满了尖利的锒头敲打声响之间短暂的沉寂。

　　科林和玛丽感觉上像是同时醒来的，各自躺在自己的床上,都没动弹。出于他们自己也想不清楚的原因,两个人都还互不搭腔。两只苍蝇绕着天花板上的光亮懒洋洋地打转,走廊上有钥匙开锁和来来去去的脚步声。最后还是科林先从床上起来,把百叶窗拉起一半,走进浴室去冲澡。玛丽还沉溺在刚才的梦境当中,他从她身边走过时,她背过身去盯着墙面。浴室中平稳的水流声听起来挺让人安心的,她不禁又一次闭上了眼睛。

每天傍晚,他们外出找个地方吃饭前,必定在阳台上消磨掉一段时间,耐心地倾听对方的梦境,以换得详细讲述自己梦境的奢侈。科林的梦境都是那种精神分析学者最喜欢的类型,他说,比如飞行,磨牙,赤身裸体出现在一个正襟危坐的陌生人面前什么的。可是铁硬的床垫、颇不习惯的暑热和这个他们还没怎么探察过的城市混杂在一起,却让玛丽一闭眼就陷入一系列吵吵嚷嚷、跟人争辩不休的梦境,她抱怨说就连醒了以后她都被搞得昏昏沉沉的;而那些优美的古旧教堂,那些祭坛的陈设和运河上架设的石桥,呆板地投射到她的视网膜上,就如同投影到一面不相干的幕布上一样。她最经常梦到的是她的孩子,梦到他们身处险境,可她却是缠杂不清、动弹不得,完全束手无策。她自己的童年跟孩子们的搅和在了一起,她的一双儿女变成了她的同代人,絮絮不休地问她个没完,吓得她够呛。你为什么抛下我们一个人跑了?你什么时候回来?你要来火车站接我们吗?不,不对,她竭力跟他们解释,是你们得来接我。她告诉科林她梦见她的孩子爬到床上跟她一起躺着,一边一个,整夜地隔着睡着了的她口角个没完。是的,我做过。不,你没有。我告诉你。你根本就没有……一直吵吵到她筋疲力尽地醒来,双手还紧紧地捂着耳朵。要么,她说,就是她前夫把她引到一个角落,开始耐心地解释该如何操作他那架昂贵的日本产相机,拿每个繁杂的操作步骤来考她,他倒确曾这么干过一回的。经过好多个钟头以后,她开始悲叹、呻吟,求他别再讲下去了,可无论什么都无法打断他那嗡嗡嘤嘤、坚持不懈的解释声。

浴室的窗开向一个天井,这个时候邻近几个房间和宾馆厨房的各种声音也乘隙而入。科林这边的淋浴刚刚洗完,对过住的男人接着又洗了起来,跟昨天傍晚一样,还一边唱着《魔笛》①里的二重唱。他的歌声盖过了轰鸣的淋浴水声和

---

① 莫扎特所作著名歌剧。

3

搓洗涂满肥皂的皮肤的嘎吱声,此人唱得是绝对地投入和忘情,只有在以为四周绝无他人听到的情况下才会这么放得开,唱高音时真声不够就换假声,唱破了音也照唱不误,碰到忘词的地方就"哒啦哒啦"地混过去,管弦乐队演奏的部分照样吼叫出来。"Mann und Weib, und Weib und Mann①,共同构成神圣的跨度。"等淋浴一关,引吭高歌也就减弱为吹吹口哨了。

科林站在镜子面前,听着,也没特别的原因又开始刮脸,这是当天的第二次了。自打他们来到这里,已经建立起了一套秩序井然的睡觉的习惯,其重要性仅次于做爱,而现在正是他们俩在晚饭时间漫游这个城市之前用来精心梳洗打扮的一段间隙,平静安闲,沉溺于自我。在这段准备时间里,他们俩动作迟缓,极少开口。他们在身体上涂抹免税店里买的昂贵的古龙水和香粉,他们各自精心挑选自己的衣着,并不跟对方商量,仿佛他们等会儿要见的芸芸众人当中,会有那么个人对他们的衣着品貌深切地关注。玛丽在卧室的地板上做瑜伽的时候,科林会卷根大麻烟,然后他们俩一起在阳

---

① 德语:男人和女人,女人和男人。

台上分享,这会使他们跨出旅馆的大堂,步入奶油般柔和的夜色的那个快乐的时刻加倍快意。

他们出去以后,也不只是上午,一个女服务员就会进来为他们清理床铺,要是她觉得应该换床单了,就把床单也给换了。他们俩都不习惯过这种旅馆生活,因为让一个面都很少见到的服务员接触到他们这么私密的生活,觉得挺不好意思的。女服务员把他们用过的纸巾收拾走,把他们俩的鞋子在衣橱里摆成齐整的一排,把他们的脏衣服叠成整齐的一堆,在椅子上放好,把床头桌上散乱的硬币码成几小堆。如此一来,他们更是惰性大发,很快就越来越依赖她,对自己的衣物管都不管了。两个人彼此都照顾不来了,在这种大热天里连自己的枕头都懒得拍拍松软,毛巾掉地上了都不肯弯个腰捡起来。而与此同时却又越来越不能容忍杂乱无章。有天上午,已经挺晚的了,他们回到房间,发现还跟离开时一样,根本没办法住人,他们别无选择,只得再次跑出去等服务员打扫干净了再回来。

他们下午小睡之前的那几个钟头同样也有一定之规,不过相对来说变数大些。时值仲夏,城里遍地都是游客。科林跟玛丽每天早上吃过早饭后,也带上钱、太阳镜和地图,加入游客的行列,大家蜂拥穿过运河上的桥梁,足迹踏遍每一条窄街陋巷。大家仁至义尽地去完成这个古老的城市强加给他们的众多旅游任务,尽责地去参观城内大大小小的教堂、博物馆和宫殿,所有这些地方满坑满谷的全是珍宝。在几条购物街上,他们俩在橱窗前面也颇花了些时间,商量着该买些什么礼物。不过到现在为止他们还没有当真跨进一家商店。尽管手里就拿着地图,他们仍不免经常迷路,会花上一个来小时的时间来来回回绕圈子,参照着太阳的位置(科林的把戏),发现自己从一个意想不到的方向接近了一个熟悉的路标,结果仍旧还是找不着北。碰上走得实在太辛苦,天气又热得比平时更加不堪忍受的时候,他们俩就相互提醒一声,自然是含讥带讽地,他们是"在度假"呢。他们俩不惜花费了很多个钟点,用来寻找"理想的"餐馆,或者是想重新找到两天前他们用餐的那个餐馆。可理想的餐馆经常是满了员,或者如果是过了晚上九点,马上就要打烊了;如果他们经过一家既没客满又不会立马打烊的,他们哪怕是还一点都不觉得饿,有几次也是先进去吃了再说。

或许,如果他们俩是孤身前来的话,早就一个人开开心心地探查过这个城市了，任由一时的心血来潮，不会计较一定要去哪里，根本不在乎是否迷了路，没准儿还乐在其中呢。这儿多的是可以信马由缰的去处，你只需警醒一点、留点心就行。可是他们彼此间的了解就像对自己一般的透彻，彼此间的亲密，好比是带了太多的旅行箱，总是持续不断的一种牵挂；两个人在一起就总不免行动迟缓，拙手笨脚，不断地导向小题大做、荒谬可笑的妥协，一心一意地关照着情绪上细小微妙的变化，不停地修补着裂痕。单独一个人的时候他们都不是那种神经兮兮动辄恼怒的主儿；可凑到一块儿，他们俩却总会出乎意料地惹恼对方；然后那位冒犯者反过来又会因为对方叽叽歪歪的神经过敏而大动肝火——自从他们来到这儿，这种情况已经发生过两回了，然后他们就会闷着头继续在那些九转回肠般的小巷里摸索，然后突然来到某个广场，随着他们迈出的每一步，他们俩都越来越深地纠缠于彼此的存在，而身边的城市也就一步步退缩为模糊的背景。

玛丽做完瑜伽站起身来，仔细考虑了一下穿什么内衣以后，开始着装。透过半开的法式落地窗她能看到阳台上的科林。他周身着白，四仰八叉地躺在塑料和铝质沙滩椅上，手腕都快耷拉到地上了。他深吸一口大麻,仰起头来屏住呼吸,然后把烟吐过阳台矮墙上一溜排开的几盆天竺葵。她爱他,即便是这个时候的他。她穿上一件丝质短上衣和一条白色棉布裙,在床沿上坐下来系凉鞋搭扣的时候从床头桌上捡起一本旅行指南。从照片上看来,这个地区的其他部分都是些牧场、山脉、荒芜的海滩,有条小径蜿蜒地穿过一片森林通向一个湖边。在她今年唯一空闲的这一个月里,她来到这里是应该把自己交托给博物馆和旅馆的。听到科林躺椅发出的吱嘎声响,她走到梳妆台前,开始以短促、有力的动作梳起了头发。

科林把大麻烟拿进来请玛丽抽,她拒绝了——飞快地喃喃说了声"不,谢谢"——头都没回。他在她背后晃荡,跟她一起盯进镜子里面,想捕捉住她的目光。可她目不斜视地看着面前的自己,继续梳着头发。他用手指沿她肩膀的曲线轻抚过去。他们迟早得打破眼前的沉默。科林转身想走,又改了主意。他清了清嗓子,把手坚定地放在了她肩膀上。窗外,大家已经开始观赏落日,而室内,他们则急需开始商量和沟通。他的犹豫不决完全是大麻烟给闹的,来回倒腾地琢磨着要是现在掉头就走,而刚才已经拿手碰过她了,她也许,

8

很可能最后就恼了……不过,她仍然在继续梳她的头发,其实根本不需要梳这么长时间,看来她又像是在等着科林走开……可为什么呢? ……是因为她感觉到他不情愿待在这儿,已经恼了? ……可他不情愿了吗? 他可怜兮兮地用手指沿玛丽的脊骨抚摸下去。结果她一只手拿着梳柄,把梳齿靠在另一只手的掌心上,仍继续盯着前方。科林俯下身来,吻了吻她的颈背,见她仍然不肯理他,只得大声叹了口气,穿过房间回到了阳台上。

科林又在沙滩椅上安顿下来。头顶上是清朗的天空形成的一个巨大的穹顶,他又叹了口气,这次是满足的叹息。驳船上的工人已经放下了工具,眼下正站成一簇,面朝着落日抽着烟。旅馆的浮码头咖啡座上,顾客们已经喝起了开胃酒,一桌桌客人的交谈声微弱而又稳定。玻璃杯里的冰块叮当作响,勤谨的侍应,鞋跟机械地敲打着浮码头的板条,来回奔走。科林站起身来,望着底下街上的过客。观光客们,穿着他们最好的夏季套装和裙子,有很多都上了年纪,爬行动物般缓慢地沿着人行道挪动。时不时地就会有那么一对停下脚步,赞赏地望着浮码头上那些把酒言欢的客人,他们背后衬着的是落日与染红的水面构成的巨幅背景。一位上了年纪的老绅士将他的老伴儿安置在前景位置,半跪下哆哆嗦嗦的两条瘦腿要给她照相。紧挨着老太太背后的一桌客人好性儿地冲着相机举起了酒杯。可拍照的老先生却一心想拍得自然些,站起身来,空着的一只手大幅度地摆了摆,意思是还是请他们回到原来不知不觉的状态才好。一直到那桌酒客,全都是年轻人,失去了兴致,那老头才又把相机举到面前,再度弯下站不稳当的双腿。可是老太太眼下已经朝一侧偏开了几步的距离,手里的什么东西引起了她的注意。她正转过身去背朝着相机,为的是借助最后的几缕太阳光察看手提包里的什么物件。老头尖声冲她叫了一声,她干净利落地回到原位。扣上手提包的咔嗒一响又让那帮年轻人来了劲儿。他们在座位上坐坐好,再次举起酒杯,笑得尤其开心和无辜。老头恼怒地轻轻哀叹了一声,拉起老太太的手腕领她走开了,而那帮年轻人几乎都没注意到他们离开,开始在自家人中间祝酒,相互间开心地笑着。

玛丽出现在落地窗旁边,肩膀上披了件开襟毛衫。科林全然不顾他们之间正在玩的把戏,马上兴奋地跟她讲起下面的马路上上演的那一幕活剧。她站在阳台的矮墙边,他述说的时候她只管望着日落。他指点着那桌年轻人的时候她的视线并没有移动,不过微微点了点头。在科林看来,他是没办法重现其间那种模糊的误会了,而这正是这幕活剧主要的兴趣点之所在。可是他却听到自己将这出小悲剧夸张成了杂耍戏,或许是为了吸引玛丽的全副注意。他将那位老绅士描述为"老得难以置信而且衰弱不堪",老太太则"疯疯癫癫到极点",那一桌年轻人是一帮"迟钝的白痴",在他嘴里那老头爆发出"难以置信的狂怒的咆哮"。事实上,"难以置信"这个词儿倒真是时时在他脑海中浮现,也许是因为他怕玛丽不相信他,或者是因为他自己就不相信。他说完之后,玛丽似笑非笑,短促地"嗨"了一声。

他们俩之间隔了几步的距离,继续沉默地望着对过的水面。宽阔的运河对岸那巨大的教堂眼下成了一幅剪影,他们一直说要去参观一下的,再近一些,一条小舟上有个人把望远镜放回盒子里,跪下来重新将舷外的发动机发动起来。他们左上方的绿色霓虹灯店招突然咔嚓一声爆了一下,然后就减弱为低低的嗡嗡声。玛丽提醒科林,天已经不早了,他们马上就该动身,要不然餐馆都该打烊了。科林点头称是,可也没动窝。然后科林在一把沙滩椅上坐下来,没过多久玛丽也坐了下来。又一阵短暂的沉默,他们俩伸出手来握在了一起。相互轻轻按了按对方的手心。两人把椅子挪得更近些，相互轻声地道歉。科林抚摸着玛丽的胸，她转过头来先吻了他的唇，然后又温柔地像母亲一样吻了吻他的鼻子。他们俩低声呢喃着、吻着，站起来抱在一起，然后返回卧室，在半明半暗间把衣服脱掉。

他们已经不再有特别大的激情了。其间的乐趣在于那种不慌不忙的亲密感，在于对其规矩和程序的熟极而流，在于四肢和身体那安心而又精确的融合无间，舒适无比，就像是铸造物重新又回到了模子里。两个人既大方又从容不迫，没有太大的欲求，也没多大动静。他们的做爱没有明确的开头或是终结，结果经常是沉入睡眠或者还没结束就睡着了。他们会激愤地坚决否认他们已经进入倦怠期。他们经常说他们当真是融为一体了，都很难想起两人原来竟是独立的个体。他们看着对方的时候就像是看着一个模糊的镜面。有时，他们谈起性政治的时候，他们谈的也不是他们自己。而恰恰正是这种共谋，弄得相互之间非常脆弱和敏感，一旦重新发现他们的需要和兴趣有所不同，情感上就特别容易受到伤害。可是两人之间的争执从来不会挑明，而像眼下这种争执之后的和解也就成为他们之间最激动人心的时刻，对此两人是深怀感激的。

他们瞌睡了一会儿，然后匆忙穿上衣服。科林去浴室的时候，玛丽又回到阳台上等他。旅馆的店招关掉了。下面的街道已经渺无人迹，浮码头上有两个侍应在收拾杯盘。所剩无几的几位客人也不再喝酒了。科林和玛丽从没这么晚离开旅馆过，事后玛丽将当晚的奇遇归因于此。她不耐烦地在阳台上踱着步，呼吸着天竺葵灰扑扑的气味。这个时候饭馆都该打烊了，不过在这个城市的另一侧有家开到深夜的酒吧，门外有时候会有个热狗摊子，问题是不知道他们能不能找得到。她十三岁的时候还是个守时、尽责的中学生，脑子里有不下上百个提升自我修养的想法，她当时有个笔记本，每个周日的傍晚，她都会定下下周要实现的目标。都是些适度、可行的任务，等她一步步完成任务把它们勾掉的时候感觉很快慰：练习大提琴，待她妈妈更好一些，步行上学，把公交车的车费省下来。如今她可真向往这一类的快慰，希望不论是在时间还是行事上至少有部分是自己掌控之下的。她就像梦游般从这一刻混到下一刻，一眨眼整整一个月就这么毫无印象地溜过去了，连一丝一毫自我意志的印记都不曾留下。

"好了吗？"科林喊道。她进屋，把法式落地窗关上。她从床头桌上把钥匙拿好，把门锁上，跟着科林走下没亮灯的楼梯。

二

　　整个城市，凡是主要街道的交汇处，或是最繁忙的那些
广场的角落里，都会有那种结构简洁的小亭子或者叫小棚
子，白天的时候整个儿都盖满了各种语言的报纸杂志，还挂
着一排排印着著名景点、小朋友、各种动物和女人的明信片，
挂久了卷了边的卡片上的女人看着就像是在笑。

　　书报亭里坐着的摊主，透过那小窗口几乎都看不到，里
面又是黑咕隆咚的。你有可能从亭子里买了包烟之后还不
知道卖给你烟的是男还是女。顾客只能看到当地人那种深
棕色的眼睛，苍白的一只手，听到喃喃的一声道谢。这种书
报亭是邻里间绯闻私情和谣言蜚语的中转站；口信儿和包裹
都在这儿递送。可游客要是过来问路，摊主则只会含含糊糊
地指指挂在外头的地图，不仔细看，很容易隐没在一排排俗
丽的杂志封面当中。

有很多种地图可供挑选。最没用的是那些出于商业利益印制的，除了显示重要的旅游景点外，主要的目的是为了突出某些商店或是餐馆。这类地图是只标出主要的街道。另有一种地图印成印制粗劣的小册子形式，可是玛丽和科林发现，他们从其中一页走向另一页的时候很容易就找不着北了。再有一种就是价格昂贵、官方授权印制的地图了，整个城市全部收录，就连最狭窄不过的过道都标得清清楚楚。可是整张打开以后足有四英尺长三英尺宽，印刷的用纸又是最差不过的，要是没有适合的桌子和特制的夹子，在户外你是休想打开来查看的。终于弄到一套可以用的系列地图集，以其蓝白条的封面颇引人注目，这套地图将城市分为容易处理的五个部分，可不幸的是这五个部分各自为政，互不交叉。他们住的旅馆在地图二的顶端区域，有家价格昂贵、名不副实的餐馆在地图三的底部。他们正打算前往的那家酒吧在地图四中间，一直到他们经过一家关门闭户的书报亭以后，科林才想起他们本该把那套地图带出来的。没有地图指路，他们铁定是要迷路的。

可他什么都没说。玛丽领先他几步远的距离，走得很慢而且步幅均等，就像在步测一段距离。她抱着双臂，低着头,带着挑衅的神气沉思不语。狭窄的过道将他们带到一个巨大的、灯光黯淡的广场,鹅卵石铺就的一大片空旷之地,中央立了个战争纪念碑,用大块的、粗粗凿就的花岗岩聚合成一个巨大的立方体,上头是个正把来复枪扔出去的士兵雕像。这是个熟悉的标志,几乎是他们所有探险的起点。可是除了一家咖啡馆外头有个人正在把椅子摞起来,有条狗以及稍远处还有个人在看着他以外,整个广场都渺无人迹。

他们斜穿过广场,进入一条宽一些的街道,两旁都是卖电视机、洗碗机和家具的商店。每家商店都显眼地展示着它们的防夜盗警报系统。正是因为这个城市完全没有人流和车流,游客们才这么容易迷路。他们穿过几条街道,看都没看,只凭着本能尽拣些窄街小巷走,许是因为他们一门心思想扎进黑暗中去,也许是因为前面有炸鱼的味道飘来。根本就没有任何标识。在没有特定目的地的情况下,游客们选择道路的方式就像他们选择一种颜色,就连他们迷路的确定的方式都能表现出他们一贯的选择、他们的意愿。而当两个人一道做出选择的时候又当如何呢?科林盯着玛丽的后背。街灯已经给她的短上衣脱了色,衬着老旧、黑沉沉的墙面,她

17

闪着微光,银色加墨黑色,宛如鬼魅。她纤巧的肩胛骨,随着她缓慢的步幅一起一落,在她外衣的缎面上形成扇面一样起伏的波纹,她的头发,一部分用一只蝴蝶形的发卡拢在脑后的,也绕着她的肩膀和颈背前后摆动。

她在一家商店的橱窗前停下来审视一张巨大的床。科林跟她并排站着,晃荡了一会儿,然后继续朝前走了。有两个假人模特,一个穿了身淡蓝色丝绸的男式睡衣裤,另一个套了件长及大腿的女式睡衣,装饰着粉色蕾丝,躺在巧妙地故意弄乱的被单当中。不过这个展示还算不上完满。两个模特都是一个模子扣出来的,都是秃顶,都笑得完美无瑕。它们平躺在床上,不过从对它们肢体的安排上看——每个模特都痛苦地将一只手举到下巴位置——显然是想让它们侧躺着,是要表示两人多情地对望的。不过,使得玛丽停下脚步的却是床头板。床头板上覆了一层黑色塑料,横跨过整个床面的宽度,两边还各富余出一英尺来。它被设计成——至少在男士睡衣裤那边的部分——像是发电站的控制板,或是一架轻型飞机。闪亮的塑料装饰当中嵌着一部电话,一个电子钟,灯光开关和调光器,一台卡带录音机和收音机,一个小型冰箱式饮品柜,靠近中间的位置,像是圆睁着两只表示怀疑的眼睛的,是两个伏特计。在女式短睡衣那边,占主导地位的是一面椭圆、玫瑰色的镜子,相比而言显得相当疏落。还有一个嵌入式梳妆柜,一个杂志架和一个连通婴儿室的对讲机。在小冰箱的上头,与其相对应的位置贴着张支票,支票上写的是下个月的某个日期,这家商店的大名,一个巨额数目,还有一个笔迹清晰的签名。玛丽注意到穿男式睡衣裤的那个模特手里握着支笔。她朝一侧走了一两步,橱窗平板玻璃上有处不平整的地方使得那两个假人动了一下。然后就又静止下来,胳膊和腿毫无意义地举着,就仿佛两只一下子被毒杀的昆虫。她朝这幕喜剧场面转过身去。科林已经离开了五十码的距离,在街道的另一面。他正缩着肩膀,手深深地插在口袋里,在看一本会自己翻动书页的地毯样本书。她赶上他,两人继续沉默不语地朝前走,直到走完这条街来到一个岔路口。

科林表示同情地说,"你知道,前几天我也注意那张床来着。"

岔路口原本矗立的肯定是幢宏丽的府邸,一座宫殿。二楼那锈迹斑斑的阳台底下,有一排石头狮子在朝下张望。那高耸的拱形窗户,两侧是带有优美凹槽、已经坑坑洼洼的柱子,用来遮蔽窗户的波纹铁皮上面贴满了标语广告,连二楼的都未能幸免。大部分的宣言和通告都来自女权主义者和极左阵营,有几份是由当地反对重新开发这一建筑的组织张贴的。三楼顶上高悬了块木板,用亮红色的文字宣告已买得这幢建筑的连锁商店的大名,然后用英语,用引号括起来道:"把你放在第一位的商店!"宏大的正门外头,就像是一排来得太早的顾客一般,排列着一溜塑料垃圾袋。科林两手搭在屁股上,沿一条街望下去,然后又跑到另一条街口张望。"我们真该带着那些地图。"

玛丽已经爬上宫殿的第一段楼梯,正在看那些标语。"这里的女性更加激进,"她转头道,"组织得也更好。"

科林已经又跑回去比较那两条街道了。两条街道笔直地延伸了一段距离后,最终拐开来,分道扬镳。"她们有更多要争取的东西,"他说。"我们之前肯定经过这里,可你记得我们走的是哪条道吗?"玛丽正在费劲地翻译一条冗长的标语。"哪条道啊?"科林略微提高了点声音。

玛丽皱着眉头,用食指沿着那几行醒目的大字挨个儿认下去,念完以后她胜利地大叫一声。她转身微笑地对科林道,"她们呼吁把那些正式宣判了的强奸犯给阉了!"

20

他又跑到另一个位置，能更好地看清楚右边的街道。"然后把小偷的双手给剁掉？听我说，我确信我们曾经走过前面的那个自动饮水机，就在去那家酒吧的路上。"

玛丽又转回到那条标语。"不，这是种策略。为的是让大家认识到强奸不仅仅是桩犯罪。"

科林又跑回来，两脚分开牢牢地站稳，面向左边的那条街道。那条街上也有个自动饮水机。"这么一来，"他急躁地说，"大家就更不把女权主义那一套当回事了。"

玛丽抱起胳膊，沉吟了一会儿，抬腿沿右边的岔路慢慢走下去。她重新又回到她那种缓慢、精确的步幅。"大家对绞刑倒都挺当回事的，"她说。"一命偿一命。"

科林不放心地望着她往前走。"等等，玛丽，"他在后面叫她。"你肯定这条道对？"她头都没回地点了下头。在很远的距离以外，借着路灯的光，可以看到有个人一隐一显地朝他们走来。这下科林倒像是吃了定心丸，疾走几步赶了上来。

这也是条繁荣的商业街，不过街上的商店非常密集、高档，看起来都像是只卖一样商品的专卖店——一家店里有一幅镶着金框的风景画，油彩已经皲裂、暗沉，另一家店里是一

21

只手工精制的鞋子,再往下看,还有一个孤单的相机镜头安放在天鹅绒的底座上。街上的饮水机不像城里大部分的饮水机一样只是个摆设,是当真能用的。周围一圈黑色的石头台阶和那个大碗的边缘经过几百年的使用,已经磨损和磨光了。玛丽把脑袋伸到已经褪色的黄铜龙头底下喝了几口水。"这儿的水,"她含了满口的水说,"有鱼腥气。"科林正盯着前方,一心想看到那个人影再次出现在下一个路灯底下。可什么都没有,有的或许只是远处某个门前一点稍纵即逝的动静,可能不过是只猫。

他们上一次吃饭已经是十二个钟头以前的事了,两人分享了一盘炸鲱鱼。科林伸手去握玛丽的手。"你记得除了热狗以外,他还卖别的什么东西吗?"

"巧克力?果仁?"

他们的步幅加快了,踩在卵石路面上,造成很响的足音,听着像是只一双鞋踩出来的。"还说是全世界的美食之都之一呢,"科林道,"我们吃个热狗都得跑上两英里地。"

"我们在度假嘛,"玛丽提醒道。"别忘了。"

他伸手轻拍了一下脑门。"当然。我太容易迷失在细节当中了,就像是饿了渴了之类的。我们是在度假。"

他们松开手,继续朝前走的时候科林还在小声嘟囔。街道变窄了,两旁的商店也已经让位给高大、幽暗的墙壁,隔一段距离会有一个凹进去的门洞,也没什么规律,窗户则高悬在墙上,方方正正的小窗,都装了十字形的铁栏杆。

"这是那家玻璃厂,"玛丽满意地道。"我们到的第一天就想来这儿看看的。"他们慢下了脚步,不过并没有停下来。

科林说,"我们眼前看到的一定是它的另一面,因为我从没来过这里。"

"我们等着进去的时候就是在这里的某一道门前排的队。"

科林转身面对着她,很怀疑又很愤怒。"那可不是我们到的第一天,"他大声道。"我看你是完全搞混了。当时我们是看到排的长队才决定去海滩的,一直到第三天我们才去了那里。"科林是停下脚步来说这番话的,不过玛丽却继续朝前走。他大踏步赶上她。

"也许那是第三天,"她像是自言自语地说,"可我们来的就是这里。"她指着前面几码远的一个门洞,就像是响应她的召唤似的,一个蹲着的人影从黑地里走到了街灯的光圈中,站下来挡住了他们的去路。

"看看你都干了些什么，"科林开玩笑地说，玛丽笑了。

那人也笑了，伸出手来。"你们是游客吧?"他用有些不自然的精确的英语问道，扑哧一笑，回答自己道，"还用得着问，你们自然是。"

玛丽在他正前方停步说，"我们正在找个能吃点东西的地方。"

科林想侧身从这人身边过去。"我们没必要跟别人解释我们想干吗，你知道，"他很快地对玛丽说。他话还没说完，那人就热诚地一把抓住了他的手腕，伸出另一只手还想抓玛丽的。她抱起手臂来微微一笑。

"太晚了，"那人道。"那个方向什么都没有了，不过往这个方向我可以带你们去个地方，一个非常好的地方。"他咧嘴一笑，朝他们来的方向点了点头。

他比科林要矮，可他的胳膊却长得出奇而且肌肉发达。他的手也很大，手背上汗毛浓密。他穿了件紧身的黑色衬衫，是一种人造的半透明材料，没扣扣子，干脆利落的 V 形开口几乎一直开到腰间。脖子上挂了条链子，吊着个金质剃刀刀片形的挂件，略微歪斜地躺在厚厚的胸毛上头。他肩膀上扛着架相机。浓厚得冲鼻的须后水的甜香充溢在窄窄的街道上。

"我说，"科林道，一心想尽量平和地把手腕挣脱出来，"我们知道前面有个地方的。"抓住他手腕的手放松了些，却并没有放手，只用食指和拇指绕住科林的手腕。

那人深吸了一口气，显得像是长高了一两英寸。"全都打烊了，"他宣布道。"就连那个热狗摊都撤了。"这番话是向玛丽说的，还丢了个眼风。"我叫罗伯特。"玛丽跟他握了下手，罗伯特开始拉着他们俩往回走。"请相信我，"他坚持道。"我知道那地方在哪儿。"

费了好大的劲儿，已经被他拉着走了好几步了，科林和玛丽才把罗伯特给拽住了，他们仨站成一堆，沉重地喘着气。

玛丽用向小孩子说话的语气说，"罗伯特，放开我的手。"他马上放了手，还浅浅地鞠了个躬。

科林说，"你最好也把我放开。"

可罗伯特正忙着向玛丽抱歉地解释，"我是想帮你们。我会把你们带去一个很好的地方。"他们再次出发。

"我们不需要给人硬拽着去吃什么好吃的，"玛丽道，罗伯特点头称是。他摸了摸前额。"我只是，我只是一直……"

"且慢，"科林打断了他。

"……一直很想练练我的英语。也许有些过于急切了。我曾经说得非常完美的。请走这边。"玛丽已经朝前走了。罗伯特和科林跟了上去。

"玛丽，"科林叫道。

"英语，"罗伯特道，"真是门美丽的语言，充满了误解和歧义。"

玛丽转头微微一笑。他们已经再次来到了岔路口那幢大宅子面前。科林把罗伯特拽住，硬把手抽了回来。"对不起，"罗伯特道。玛丽也停下脚步，再次审视起那些标语和招贴来了。罗伯特顺着她的目光，看到一幅模版印刷的粗糙的大红招贴，在鸟类学家用以表示雌性物种的符号里面印着个紧握的拳头。他再次表示歉意，仿佛他们看到的一切他都负有责任似的。"这都是些找不到男人的女人。她们想摧毁男女之间一切美好的东西。"他又就事论事地加了一句，"她们都太丑了。"玛丽看着他的方式就像是在看电视上的一张脸。

"这下，"科林道，"你可是碰到对头了。"

她冲他们俩甜甜地一笑。"咱们还是去找你说的好吃的吧，"她说，罗伯特正指着另一幅标语准备再加发挥呢。

他们走了左边那条岔路，走了有十分钟左右，其间罗伯特一心想跟他们攀谈，可玛丽一味地报以沉默，专注于自我——她再度抱起了胳膊；而科林则表现出轻微的敌意——他刻意跟罗伯特保持着一定的距离。他们穿过一条小巷，走下几段倾颓的台阶后来到一个很小的广场，最多三十英尺见方，广场对面有不下五六条更小的便道。"从那条道下去，"罗伯特说，"就是我住的地方。不过太晚了，就不请你们过去了。我妻子可能已经睡下了。"

他们再度左兜右转，经过摇摇欲坠的五层楼高的住宅，经过关门闭户的杂货店，蔬菜和水果就装在外头垛成一堆的板条箱里。一个系着围裙的店主推着一车箱子出来，大声地喊罗伯特，罗伯特呵呵一笑，摇了摇头，举起一只手。他们终于来到一个灯火通明的门洞，罗伯特为玛丽撩起发黄了的条状塑料门帘。他们走下一段陡直的楼梯，罗伯特一直把手搭在科林的肩上，来到一个逼仄而又拥挤的酒吧。

吧台边的高脚凳上坐了几个年轻男人，穿着打扮跟罗伯特很像，还有几个以同样的姿势——全身的重量都落在一只脚上——围绕着一台具有华丽的曲线和镀铬的涡卷装饰的

27

自动唱机。唱机后面发散出一种漫射的深蓝色光,衬得这帮人的脸色非常不好,像是要吐的样子。每个人要么正在抽烟,要么正干脆利落地往外拿烟,要么正朝前伸长了脖子、噘起嘴巴来让人帮忙把烟点上。因为每个人都是紧身装束,都得一只手拿着烟,打火机和烟盒在另一只手上拿着。他们都在聆听的那首歌,因为没人讲话,声音很高,带着那种快快活活的感伤调调,由整个管弦乐队来伴奏,那个演唱的男声里有种很特别的呜咽,而频繁跟进的合唱当中却又夹杂有嘲弄性的"哈哈哈",唱到这里的时候,有几个年轻男人就会把烟举起来,迷蒙起双眼,皱起眉头加进自己的呜咽。

"感谢上帝我不是个男人,"玛丽说,想去握科林的手。罗伯特将他们俩引到一张桌子边坐下,又去了吧台。科林把两只手都抄在口袋里,身体往后靠得椅子前脚离了地,盯着那台自动唱机在看。"哦,别这么小气,"玛丽说着戳了戳他的胳膊。"不过是句玩笑话。"

那首歌在欢庆的交响乐式的高潮当中结束,然后马上又重新开始了。吧台后面,玻璃杯在地板上摔碎了,有一阵短暂的慢吞吞的掌声。

罗伯特终于回来了,拿了瓶巨大的、没贴标签的红葡萄酒,外带两根已经给人捏弄熟了的面包棍,其中一根被掰短了。"今天,"他在那一片喧嚣之上满怀骄傲地宣布,"厨师病了。"朝科林丢了个眼风后,他坐下来把酒杯满上。

罗伯特开始东问西问,起先他们俩回答得还挺勉强。他们告诉他各自的姓名,告诉他他们俩没结婚,也没同居,至少眼下还没有。玛丽告诉了他她那两个孩子的年龄和性别。两人都说了自己的职业。然后,虽说根本就没什么可以吃的,又借了点酒力,他们俩就开始体验到因为发现自己置身于一个没有游客的所在,因为突然有所发觉、发现了某个真实存在的地方而感到的乐趣,这种乐趣只有身为游客才能体验得到。他们俩放松了下来,在这片喧嚣和烟雾当中安顿下来;他们俩反过来也问了很多身为游客终于有幸跟一个真正的当地人交谈时会问的严肃、热心的问题。还不到二十分钟,他们已经干掉了那瓶红酒。罗伯特告诉他们他自己经商,告诉他们他是在伦敦长大的,他的妻子是加拿大人。玛丽问他,他是怎么认识他妻子的,罗伯特说,要解释明白这个,首先得讲清楚他几个姐妹和母亲是什么样的,而要想解释他母亲和姐妹的状况又非得先讲清楚他父亲是何等样人。看来他是准备好要细说从头了。"哈哈哈"的合唱正渐入佳境,加强为另一个高潮唱段,靠近自动唱机的一张桌子边,有个一头鬈发的男人把脸埋在了臂弯里。罗伯特朝吧台喊着再要一瓶红酒。科林把那两根面包棍各掰成两段,跟玛丽分吃了。

三

　　歌声停歇,围绕吧台四周的谈话开始了,起先还挺轻柔,由一种外语的元音和辅音构成的愉快的嗡嗡和飒飒声;简单的论断激起表示赞同的单音词汇或是声响;然后是暂歇,既杂乱又和谐,紧跟其后的是声音更大的论断,相对应的也是更加复杂和详尽的回答。不出一分钟,已经有好几组显然非常热情的讨论渐次展开,仿佛好几个各不相同的争论主题已经自然地分配完毕,势均力敌的论辩对手也各就各位了。要是自动唱机还开着的话,你是根本听不到这些的。

　　罗伯特盯着双手按在桌上的酒杯,像是在凝神屏息,这使得这么近距离望着他的科林和玛丽也感觉有些呼吸困难。他看着比刚才在街上要老了些。斜照的电光在他脸上勾勒出几乎类似几何的线条,像是蒙了个网罩。有两条线从他的两个鼻孔的连接处一直连到两边的嘴角,形成一个近乎完美的三角。额头是平行的皱纹，下方一英寸的位置，与其构成一个精确的直角的，是他鼻梁上的一条单线，皮肤上一道深深的皱褶。他缓缓地自顾点了点头，他深深吐出一口气的时候，那宽厚的肩膀也低垂下来。玛丽和科林俯下身来，仔细倾听他开始诉说的身世。

"我父亲干了一辈子外交官，我们有很多很多年都住在伦敦，在骑士桥。可我当时很懒"——罗伯特微微一笑——"直到现在我的英语都说不标准。"他略微停顿了一下，像是等着他们反驳。"我父亲是个大块头。我是他最小的孩子，也是他的独子。他坐下来的时候姿势是这样——"罗伯特又重新回到先前他那种紧绷、笔直的姿态，两只手端端正正地放在膝盖上。"终其一生我父亲都留着这样的胡髭"——罗伯特用食指和拇指在鼻子底下比量出一英寸的宽度——"他的胡髭灰白以后他就用小刷子把它给染黑，就像女士们染眼睫毛一样。睫毛膏。

"所有的人都怕他。我母亲，我的四个姐姐，就连大使都怕我父亲。他眉头一皱，谁都不敢开腔了。在饭桌上一句话都不能讲，除非他先跟你讲话。"罗伯特抬高了嗓音，为的是压过周围的喧嚣。"每天傍晚，就算那天有招待会，我母亲必须得盛装出席,我们也都得安静地坐下来,腰杆笔直,听我父亲大声朗读。

"每天早上他六点钟起床,然后去浴室刮脸。在他梳洗完毕之前,谁都不准起床。我小时候总是在他之后第二个起床,飞快地跑到浴室里去闻他留下来的气味。请原谅,他的气味非常难闻,不过却罩了一层剃须皂和香水的味道。一直到现在,古龙水对我来说就是我父亲的味道。

"我是他的最爱,我是他的宠儿。我记得——也许同样的场景发生过很多次——我两个姐姐埃娃和玛瑞亚当时一个十四岁、一个十五岁。吃晚饭的时候她们俩求他。求求你,爸爸。求求你!而对每一项恳求他都说不!她们不能参加学校组织的参观活动,因为会碰到男生。她们不允许不穿白色短袜。她们下午不能去剧院,除非妈妈也去。她们不能请她们的朋友留下,因为她对她们会有不良影响,她从来不去教堂。然后,我父亲突然站到我的座位后面,我挨着我母亲坐,朗声大笑。他从我腿上把餐巾拿起来,塞进我衬衣前襟里。'看呀!'他说。'这就是下一位一家之主。你们必须时刻记得帮助罗伯特保持他好的方面!'然后他就让我来解决争端,自始至终他都把手放在我这儿,用两个指头轻轻地捏着我的脖子。我父亲会说,'罗伯特,姑娘们能像她们的母

亲那样穿丝袜吗?'而十岁的我就会朗声回答,'不,爸爸。'
'她们可以没有妈妈陪伴就去剧院吗?''绝对不行,爸爸。'
'罗伯特,她们能让她们的朋友留下吗?''想都甭想,爸爸!'

　　"我回答得豪情满怀,一点都不知道我被利用了。也许这
是唯一的一次。可对我而言这却是我童年时的每个傍晚都会
发生的。然后我父亲就会回到餐桌顶头他的座位上,假装非
常难过。'我很抱歉,埃娃,玛瑞亚,我就要回心转意了,可你
看罗伯特却说这些事都是不能做的。'说着他哈哈一笑,我也
跟着他笑,我把一点一滴,一字一句都当了真。我会一直笑下
去,直到我母亲把手放在我肩膀上说,'嘘,好了,罗伯特。'

　　"就是这样!我姐姐恨不恨我呢?现在我知道这事儿只
发生过一次。那是个周末,整个下午家里都没人。我还是跟
那两个姐姐埃娃和玛瑞亚一起,进了父母的卧室。我坐在床
上,她们俩来到母亲的梳妆台前,把她所有的化妆品都拿了
出来。她们首先把指甲给涂了,挥舞着手指让指甲油快点
干。她们把脂啊粉的全往脸上抹,她们涂上口红,拔了眉毛,
在眼睫毛上刷了睫毛膏。她们从母亲的抽屉里找出丝袜,要
我在她们脱下白色短袜换上丝袜的时候把眼睛闭上。再次
站起来以后她们就变成了两个非常漂亮的女人,两个人互相

34

打量着。在一个小时的时间里面,她们俩就在房间里四处走动,转头从肩膀上头看着镜子里或是窗玻璃里面的自己,在起居室的中央转了一圈又一圈,要么非常小心地坐在圈椅的边上弄头发。她们到哪儿我就一路跟到哪儿,不错眼地看着她们,就只是看着。'我们漂不漂亮啊,罗伯特?'她们会说。她们知道我给镇住了,因为她们已经不是我的姐姐,摇身一变成了美国电影明星了。她们对自己也非常满意。她们咯咯笑着,相互吻着,因为她们已经是真正的女人了。

"当天下午晚些时候,她们俩跑到浴室里把所有的化妆都洗了个干净。回到卧室里,把瓶瓶罐罐都收好,还把窗户都打开,这样妈妈就闻不到她自己香水的味道了。她们把丝袜和吊袜带都叠好,完全按照她们见过的妈妈收拾的方式收好。她们把窗户关好以后,我们就下楼等着母亲回家,我始终都兴奋莫名。那两个漂亮女人突然间又变回了我的姐姐,两个高个儿女学生。

"晚饭时间到了,我仍旧平静不下来。我姐姐的行为举止就仿佛什么事都没发生过。我意识到父亲正盯着我看。我朝上瞥了一眼,见他直看透我的眼睛,一直深入我的内心。他很慢很慢地放下刀叉,嚼着嘴里的食物,全部咽下去以后说,'告诉我，罗伯特，你们下午都干吗来着？'我相信他什么都知道得一清二楚，就像是上帝。他是在考验我，看我是不是值得信赖，把实话说出来。所以，跟他说谎是毫无意义的。我把一切都说了，霜啊粉啊，口红、香水，还有从母亲的抽屉里拿出来的丝袜，我还告诉他这些东西最后都多么仔细地全都收好了，仿佛这就能把一切都洗脱干净。我甚至把她们开窗关窗的事儿都说了。起先我两个姐姐呵呵笑着坚决否认。可我继续不断地把一切都往外倒的过程中，她们都缄口不语了。等我说完后，我父亲只说了句，'谢谢你，罗伯特，'就继续用餐了。直到晚饭吃完，谁都没再说过一句话。我不敢朝两个姐姐坐的方向看。

"饭后，在我马上就该上床的时候，我被叫到了父亲的书房。这地方谁都不准随便进，这里面全都是国家机密。书房是整幢房子里最大的一个房间，因为有时候我父亲就在这儿接见别的外交官。窗户和深红色的天鹅绒窗帘都直达天花板，天花板上装饰有金色的叶子和巨大的环形图式。有一盏枝形吊灯。到处是装在玻璃罩子里的书，地板上铺满了全世界出产的地毯，铺得极厚，有些甚至挂在墙上。我父亲喜欢收藏地毯。

"他坐在摊满纸张的巨大书桌后面，我那两个姐姐站在他面前。他让我坐在书房另一边一把巨大的皮质扶手椅上，这椅子原是我爷爷的,他也是个外交官。没有一个人吱声。感觉就像是部默片。我父亲从一个抽屉里取出一条皮带抽我两个姐姐——每人在屁股上狠狠抽了三下——埃娃和玛瑞亚一声都没吭。然后一眨眼我就在书房外头了。门关上了。两个姐姐回她们的房间哭去了,我上楼来到自己的卧室,事情就这么完了。我父亲再也没提这个碴儿。

"我姐姐!恨死我了。这个仇她们非报不可。我相信连着好几个礼拜,她们就没讨论过别的。这事儿也发生在家里没人的时候,父母都出去了,厨子也不在,在我姐姐挨打一个月后,也许一个多月。首先我得声明,我虽说是最受宠的,也有很多事儿是不允许做的。尤其是不能吃、喝任何甜食和甜品,不能吃巧克力,不能喝柠檬水。我祖父也从来不许我父亲吃甜食,除了水果以外。这对肠胃不好。不过最重要的是,甜食,特别是巧克力,对男孩子来说会有坏影响。会造成他们性格软弱,变得像小姑娘。也许这也不无道理,谁知道呢,只有科学才说得清楚。还有,我父亲这么做也是为了我的牙好;他希望我能有一口他那样的牙齿,完美无缺。在外头我吃别的男孩子的甜食,在家真是一口都没得吃。

"接着往下说。那天爱丽丝,我最小的姐姐,跑到花园里来叫我,'罗伯特,罗伯特,快到厨房里去。有好吃的给你吃呢。埃娃和玛瑞亚有好多好吃的给你吃!'起先我没去,因为我怕那是个圈套。可经不住爱丽丝一遍又一遍地说,'快来呀,罗伯特,'最后我就去了。厨房里有埃娃和玛瑞亚,还有丽萨,我另一个姐姐。餐桌上摆着两大瓶柠檬水、一个奶油蛋糕、两包巧克力,还有一大盒果浆软糖。玛瑞亚说,'这都是给你的,'我马上就起了疑心,说,'为什么?'埃娃说,'我们希望你将来对我们好一点。等你把这些好吃的全都吃掉以后,你就会记得我们待你有多好了。'这听起来挺有道理的,而且它们看起来都这么美味诱人,于是我就坐下来,伸手去够柠檬水。可玛瑞亚伸手压住了我的手。'首先,'她说,'你得先喝点药。''为什么?''因为你知道甜食对你的胃会造成多坏的影响。你要是病了,爸爸就会知道你都干了些什么,我们就都得遭殃了。这种药可以保证你一切正常。'于是我就张开嘴巴,玛瑞亚喂我吃了四勺某种油样的东西。味道真够恶心的,不过没关系,因为我马上就开始大嚼起了巧克力和奶油蛋糕,灌起了柠檬水。

"我几个姐姐站在桌边看着我。'好不好吃?'她们问我,可我吃得狼吞虎咽,都顾不上说话了,我琢磨着她们对我这

38

么好也许是因为她们知道有朝一日我会承继父亲的宅邸。我喝完了第一瓶柠檬水后,埃娃拿起第二瓶说,'我看他是喝不了这一瓶了。我还是把它拿走吧。'玛瑞亚说,'说得对,拿走吧。只有大男人才能喝掉两瓶柠檬水呢。'我从她手里一把把瓶子夺过来,说,'我当然能喝得掉,'我那四个姐姐异口同声地说,'罗伯特!这绝不可能!'所以我当然是把它给喝掉了,我还吃完了两条巧克力、果浆软糖和整个儿的奶油蛋糕,我那四个姐姐一起为我鼓掌,'好样的,罗伯特!'

"我努力想站起来。厨房开始绕着我旋转起来,我急需去上厕所。可埃娃和玛瑞亚突然间把我打倒在地,压在底下。我四肢乏力,还不了手,况且她们个头儿都比我大多了。她们早就预备下了很长的一根绳子,把我的两只手反绑在背后。从头到尾爱丽丝和丽萨一直都蹦蹦跳跳,还一边唱着,'好样的,罗伯特!'然后埃娃和玛瑞亚把我给拽起来,推着我走出厨房,经过走廊,穿过宽大的门厅进入我父亲的书房。她们从里面把钥匙拔下来,把门关上并且上了锁。'再见了,罗伯特,'她们透过钥匙孔喊道。'现如今你就成了书房里的老爸了。'

"我站在那个巨大房间的中央,就在枝形吊灯底下,起先我还没意识到我为什么到了这儿,然后我就明白了。我想把

39

绳结挣脱开,可是系得太紧了。我喊着叫着,用脚踢门,用脑袋撞门,可整幢房子里鸦雀无声。我从书房这头跑到那头,想找个可以呕吐的地方,可每个角落都铺着昂贵的地毯。最后我终于忍不住了。先涌上来的是柠檬水,不久以后是巧克力和蛋糕,也像是液体。我当时穿的是短裤,就像个英国学童。我并没有坚持站在一处,只糟蹋掉一块地毯,我反而四处乱跑,又哭又叫,就仿佛我父亲已经在后头追赶一样。

"钥匙在锁孔里转了一下,门猛地被打开,埃娃和玛瑞亚跑了进来。'呸!'她们俩嫌恶地叫道。'快,快!爸爸回来了!'她们把绳子解开,把钥匙插回到门里,然后就跑掉了,笑得就像两个疯婆子。我听到父亲的车停在车道上的声音。

"起先我动弹不得。后来,我把手伸到口袋里掏出一块手帕,我走到墙边——是的,连墙上,连他的书桌上都吐满了——我就像这样轻轻擦拭一块古老的波斯地毯。然后我才注意到我两条腿,都快变成黑的了。手帕根本没用,实在是太小了。我跑到书桌边拿了几张纸,我父亲就是在这种情形下看到我的:拿他的国家大事擦我的膝盖,而且我身后他书房的地面上一片狼藉。我朝他走了两步,双膝着地,差一点就吐在他鞋面上,吐了很长很长时间。一直到我吐完,他仍然矗立在书房的门口,动都没动。他仍旧提着他的公文包,他脸上什么表情都没有。他低头看了一眼我刚吐的那一摊,说,'罗伯特,你吃了巧克力?'我说,'是,爸爸,可我……'这对他来说已经足够了。后来母亲到我卧室里来看我,第二天早上有位精神病医生来看我,说我受刺激不小。可是对我父亲而言,我只要确实是吃了巧克力,那就足够了。他连续三天每晚上都抽我,接连好多月他都对我恶声恶气。好多好多年里都不允许我踏进书房半步,一直到我领着未来的妻子进去看他。直到今天我都再也没有吃过巧克力,也一直没有原谅我姐姐。

"我受罚的那段时间里,只有我母亲还跟我说话。她跟我父亲讲定不能打得我太重,只打三个晚上。她身材高挑,非常漂亮。每逢外事招待会,她最常穿的就是白色:白色的短外衣,白色的长丝巾还有白色的丝质长裙。我记得最真切的就是她一身白色的样子。她英语讲得很慢,不过每个人都恭维她讲得字正腔圆、音调高雅。

"我小时候经常做噩梦,非常恐怖的噩梦。而且我还梦游,现在我有时还会梦游。我一做噩梦就经常在半夜三更给吓醒,而我马上就会叫她——'妈咪,'就像个英国小男孩。

41

而她就像是一直醒在那里等我叫她似的,因为我一叫她,马上就能听到走廊很远的那头,我父母的卧室里床铺上咯吱一声,听到她开灯的声音,听到她的赤脚里一根骨头细微的噼啪声。她走进我的房间,总是问我,'怎么了,罗伯特?'我就会说,'我想喝点水。'我从不说'我做了个噩梦',或是'吓死我了'。她总是到浴室给我倒杯水,看着我喝下去。然后她吻吻我头上的这个位置,我马上就睡着了。有时接连好几个月每天夜里都得来这么一出,可她从来都不会事先在我床头放一杯水。她知道我必须得有个借口半夜里把她叫起来。可从来就不需要用言语去解释。我们的关系非常亲密。就连我结婚以后,在她去世之前,我都习惯了每周把我穿过的衬衣拿给她去洗。

　　"只要我父亲不在家过夜,我就到她床上跟她睡,一直到我十岁。然后就突然中止了。有天下午加拿大大使的夫人受邀来我家喝茶。一整天我们都在做准备。我母亲要确保我那几个姐姐和我知道怎么把茶杯和茶碟端起来。我还负责端着个放蛋糕和不带面包皮的小三明治的盘子在房间里四处走动,看有谁需要取用。我专门被送去理了发,还要我系上个红领结,在这一切的准备当中我最讨厌这个。大使的夫人头发是蓝的,这是我见所未见的,她带了个女儿过来,叫卡罗琳,当时十二岁。后来我才知道我父亲特意交代过,出于外交和商业利益,我们两家一定要交好。我们都安安静静地端坐着,听两位母亲闲谈,大使夫人问我们什么问题的时候,我们就站得笔直,礼貌地作答。现如今可不会教小孩子这么做了。然后我母亲就带大使夫人去看我们的房子和花园,孩子们就给单独留了下来。我那四个姐姐都穿着她们正式的礼服裙子,一起坐在那个大靠背椅上,靠得那么近,看着就像是一个人,乱糟糟的一堆缎带、蕾丝和鬈发。我那四个姐姐全体出现的时候是挺吓人的。卡罗琳坐在一把木椅子上,我坐了另一把。有那么几分钟时间,谁都没说话。

"卡罗琳长着一双蓝眼睛,一张小脸,小得就像个猴子的脸。她鼻子上长了些雀斑,那天下午她把头发扎成个很长的马尾,垂在脑后。没人说话,可是大靠背椅上传来窃窃私语和轻轻的笑声,透过眼角我还看到我那几个姐姐在暗地里推推搡搡。我们能听到头顶上,我们的母亲和卡罗琳的母亲从一个房间走进另一个房间的脚步声。这时埃娃突然说,'卡罗琳小姐,你跟你母亲一起睡吗?'卡罗琳回答说,'不会啊,你们呢?'然后埃娃是这么说的:'我们不会,可罗伯特会。'

"我脸红得都快变紫了,我都准备从房间里跑出去了,可卡罗琳转身对我微微一笑,说,'我觉得这可真是太甜蜜了,'从那一刻起我就爱上了她,我也就再不跟我母亲一起睡了。六年后我再次遇到卡罗琳,又过了两年,我们就结婚了。"

酒吧里渐渐空了下来。头上的灯已经亮起,一个酒吧的工人开始清扫地板。科林在故事讲到最后部分的时候已经瞌睡过去,朝前趴下,头枕在胳膊上。罗伯特把两个空葡萄酒瓶从他们的桌子上拿起来,拿到吧台上,在那儿像是发了几条指示。另一个工人走过去把烟灰缸里的烟头烟灰倒到一个桶里,把桌子抹干净。

罗伯特又回到桌子旁边时,玛丽说,"你妻子的事儿你告诉我们的并不多。"

他把一盒火柴塞到她手里,火柴盒上印着这家酒吧的名字和地址。"我差不多每天晚上都在这儿。"他把她的手指合拢,握住火柴盒,又攥了一下。走过科林的椅子时,罗伯特伸出手来抚弄了一下他的头发。玛丽看着他离开,坐在原地打了一两分钟呵欠,然后叫醒科林,冲他指了指楼梯的位置。他们俩是最后离开的客人。

四

　　街道的一头沉入完全的黑暗;另一头,一种漫射的蓝灰
色光映现出一系列低低的建筑,就像花岗岩切割成的积木一
木搭一木地倾斜延伸下去,在街道拐个弯消失不见的地方堆
叠在一起。几千英尺的顶上,云彩伸出一只变薄了的手指,
直指那条拐弯的曲线,而且透出一抹绯红。一阵凉凉、咸咸
的风顺着街道吹来,将一张包装用的玻璃纸吹到科林和玛丽
坐着的台阶上,不停地轻轻搅动。从他们身后百叶窗紧闭的
室内传来模糊不清的打鼾声和弹簧床的吱嘎声,就在他们俩
脑袋顶上。玛丽把头靠在科林肩上,他则靠着背后的墙面,
就在两条排水管的中间。一条狗从街道比较亮的那头迅速
地朝他们俩走来,脚趾甲在老旧的石头路面上一板一眼地咔
咔踩过。它在到达他们面前时并没有停步,也没朝他们的方
向瞥一眼,一直到它完全消失在黑暗中了,它那复杂的脚步

仍能听得见。

"我们真该带着那叠地图的,"科林说。

玛丽往他身上靠得更近了些。"没什么大不了的,"她喃喃道。"我们在度假嘛。"

一小时后他们俩被欢声笑语给吵醒了。不知哪里有口声音尖利的钟坚定地敲响了。现在的光线已经没有深浅之分,微风温暖又湿润,就像动物的呼吸。一大帮小孩儿,穿着黑色领口袖口的亮蓝色罩衣蜂拥着冲过他们身边,每个小孩背上都高高地背着干干净净的一包书。科林站起身来,拿两只手抱住头,犹犹豫豫地走到窄街的中间,孩子们在他面前分开,然后重新汇合为一体。一个小姑娘把个网球扔到他肚子上,然后干净利落地把弹回来的球接住;快活、赞赏的尖叫响成一片。接着钟声停歇,下剩的孩子跟着也沉默下来,沉下脸来飞快地跑过去;街道突然间一下子就空了下来。玛丽在台阶上弯下腰来,两只手拼命搔着一条小腿和脚踝处。科林站在空荡荡的街道中央,轻轻地晃荡着,盯着有低矮建筑的那个方向。

"有什么东西咬了我,"玛丽叫道。

科林走过来站在玛丽后面看她抓挠。几个细小的红点慢慢扩大成硬币大小的红色肿块。"换了我就不会再抓了，"科林说。他抓住她的手腕，把她拉到街上。孩子们走出好远了，他们的声音听起来变了样子，就像是置身于一个巨大的房间里，听他们念叨教义问答或是数学公式。

玛丽不断地跳脚。"哦上帝啊！"她叫道，恼怒中带了点自我调侃。"我要是不抓会没命的。而且渴死我了！"

科林的宿醉倒是赋予了他一种疏离、粗疏的权威感，这在他可不常见。站在玛丽身后，把她的两只手都按在她身上不让她乱动，他指着街道的一头。"我们只要走到那里，"他贴着她耳朵道，"我想我们就能来到海边。那儿应该能找到家开门营业的咖啡馆。"

玛丽也就由他把自己推着往前走。"你还没刮脸呢。"

"别忘了，"科林道，一边加快速度下那个陡坡，"我们是在度假嘛。"

一拐出那个弯儿，大海就扑面而来。面前的地界狭窄而又荒僻，两面都被连绵不断的一线饱经风霜的房屋框住。高高的柱子从平静、泛黄的水面以一种匪夷所思的角度冒出来，可是没有一条船系泊。在科林和玛丽的右边，有块坑坑洼洼的铁皮指示牌指路，顺着码头沿岸就能到一家医院。一个小男孩,由两个挎着鼓鼓囊囊的塑料购物袋的中年妇女裹挟着,从他们俩刚才走过的那条街道来到了码头前。这队人马在指示牌前停下脚步,两个女人弯下腰去翻检包里的东西,像是忘带了什么。再度出发的时候,小男孩尖声提出什么要求,马上就被喝止了。

科林和玛丽在码头边缘附近装货用的箱子上坐下来,闻到一股刺鼻的死鱼味儿。终于从他们身后城市里那些窄街僻巷的迷宫里解脱出来,能一直望向大海,他们还是长出了一口气。占据了前景的是个低矮的、围墙环绕的小岛,约半英里远,全岛都用作了公墓。一头有个小礼拜堂和一个石砌的码头。隔着这段距离望去,视野被淡蓝的晨雾扭曲了,明亮的陵墓和墓碑看去就像个发展过度的未来城市。在一道污染造成的烟尘后面,太阳就像个脏乎乎的银盘,又小又清晰。

玛丽再次靠到科林的肩膀上。"今天你得照顾我了。"她边说边打了个呵欠。

他抚摸着她的后脖颈。"那你昨天有没有照顾我呢?"

她点了点头,合上眼睛。要求对方照顾是他们俩之间的保留节目了,他们会轮流担负起照顾之责。科林把玛丽抱在

48

怀里,有些心不在焉地吻了吻她的耳朵。从那个公墓小岛后面冒出来一条公交艇,正在朝那个石砌的码头靠近。即使隔开了这么远的距离,仍然可以看到一身黑色的小人拿着花从艇上下来。一声脆薄的哭喊穿过水面传过来,是只海鸥吧,要么也许是个孩子,公交艇又慢慢驶离了那个小岛。

船是朝医院的码头驶去的,那码头位于岸边的一处拐弯后面,从他们坐的地方看不到。那所医院本身却赫然耸立在周遭的建筑之上,是座墙皮剥落的芥末黄色城堡,浅红色瓦片铺砌的陡峭的屋顶上撑着一堆摇摇欲坠的电视天线。有些病房有高大的、装了窗棂的窗户,这些窗户开向小船大小的阳台,全身穿白的病人或是护士在阳台上或站或坐,望着大海。

科林和玛丽身后码头区和街道上的人越来越多。裹着黑色披肩的老太太,整个包裹在沉默当中,提着空购物袋步履艰难地走过。从旁边的一幢房子里传来浓烈的咖啡和雪茄烟味儿,混合着,甚至盖过了死鱼的臭味。一个形容枯槁的渔民穿了身破烂的灰色西装,里面套了件原本是白色的、纽扣都掉光了的衬衣,像是好久以前逃离了一份办公室的工作,在货运箱子旁边扔下一堆渔网,差一点就扔到了他们脚

49

上。科林做了个模糊的、表示歉意的姿势,可那个人已经走开了,一边以精确的发音说了句,"游客!"挥了挥手表示不跟他们计较。

科林把玛丽叫醒,劝她跟他一起走到医院的那个码头。就算那里没有什么咖啡馆,他们也可以搭乘公交艇通过运河回到市中心,离他们的旅馆也就不远了。

等他们走到壮丽的门房,同时也是医院的入口时,那艘公交艇却正在离岸。两个身穿蓝色夹克、戴着银边墨镜、留着一抹极细唇髭的小伙子负责操作那艘船。其中一个在方向盘前面站好了,另一个手腕翻飞,熟极而流又满是不屑地将系船索从系船柱子上解下来;在最后一刻,他一步跨过越来越宽的油乎乎的水面跳上船去,顺手将后面挤满了乘客的铁栅栏拉开来,又用一只手马上关好,一边冷漠地望着渐渐远去的码头一边大声跟他的同事交谈。

科林和玛丽也没再商量,朝陆地的方向转过身,加入了潮水般涌过门房的人流,走上一条由开花的灌木夹峙两旁的陡峭的车道,朝医院走去。上了年纪的女人坐在矮凳上出售杂志、鲜花、十字架和小雕像,可是连一个停下脚步看看货色的人都没有。

"如果有门诊病人，"科林道，把玛丽的手握得更紧了，"就该有个卖便餐的地方。"

玛丽突然暴怒："我一定得找杯水喝。水他们总该有的吧。"她的下唇已经干裂，顶着两个熊猫眼一样的黑眼圈。

"那是，"科林说。"毕竟是个医院嘛。"

在一组华丽的玻璃门外头已经排起了队，玻璃门上面还罩着一个巨大的半圆形彩色玻璃遮篷。他们踮起脚尖，透过玻璃门上人群和灌木丛的投影，可以辨认出有个身穿制服的什么人，门房或者是个警察，正站在两组玻璃门中间的阴影里，检查每位访客的证件。他们周遭所有的人都在从兜里或是包里往外掏一种亮黄色的卡。这显然是病房的探视时间，因为这些等待的人里面没有一个人看起来是有病的。这一大帮人慢慢地离玻璃门越来越近了。一个木架子上摆着一个告示牌，牌子上以优雅的字体写了很长、很复杂的一句什么话，里面有个像极了"安全"的词儿强调了两次。科林和玛丽实在是太累了，都没能及时从队伍里退出来，等他们穿过门口发现已经站在穿制服的警卫面前时，也懒得解释他们跑到这里来是想买到点食物和饮料。两人再次从车道上下来，对他们表示同情的人群纷纷给他们些常规的建议；看来周边

51

是有那么几家咖啡馆的,可没有一家在医院旁边。玛丽说她就想找个地方坐下来大哭一场,正当他们四处寻找这么个合适地点的时候,他们听到一声喊叫和船用发动机倒挡时发出的闷声闷气的轰响;又一艘公交艇正在码头上系泊。

要回他们住的旅馆,就得经过全世界最著名的一个景点,一个巨大的楔形广场,三面环以带有典雅拱廊的建筑,开口的一端矗立着一个红砖钟楼,钟楼后面则是一个举世闻名的大教堂,白色的圆顶、光彩夺目的立面,名副其实地体现了无数个世纪人类文明的辉煌载体。沿着楔形广场的两条长边,密密地排列着好几排椅子和圆桌,它们是几家历史悠久的咖啡馆的露天咖啡座,隔着广场的铺路石,就像两支对峙的军队。还有好几支毗邻的乐队,乐队成员和指挥全都身着无尾礼服,不顾早上的暑热,在同时演奏着军乐和浪漫音乐,演奏着华尔兹舞曲以及带有雷鸣般响亮的高潮桥段的广受欢迎的歌剧选段。到处都有鸽子在侧飞,在昂首阔步和随地排泄,每一家咖啡馆的乐队在受到离它们最近的几个顾客稀稀拉拉的热诚鼓掌后,都或长或短地稍停片刻。密密层层的游客川流不息地涌过阳光明媚的广场开阔地段,要么就是呼朋唤友地停下脚步,融进精美的柱廊底下黑白分明的光影拼图中。差不多有三分之二的成年男性都带着相机。

科林和玛丽一路步履艰难地从船上走过来,在穿过广场前先在钟楼逐渐缩小的阴影下停下了脚步。玛丽一连好几个深呼吸,在一片喧嚣之上这意味着他们在这儿终于找到水喝了。他们俩紧靠在一起,沿着广场的边缘一路找过去,可是没有空桌子,就连可以跟人家拼桌的空位都没有,大部分来来回回穿越广场的人流看来也都是在找个地方坐下,那些离开广场进入迷宫般街道的游客也是无可奈何之下气哼哼地走的。

终于,在一对挥舞着账单在座位上扭动着身体的老夫妇旁边干等了几分钟以后,他们终于能够坐下来了,然后才发现,他们这张桌子明显是在侍应生服务区域的一个偏远的角落,另外还有一大帮伸长了脖子、捻着根本听不见的响指招呼侍应生的顾客会先于他们得到注意。玛丽眯起充血的眼睛,已经开始肿起来的干裂的嘴唇嘟囔了句什么;当科林开玩笑地举起面前的小咖啡杯将残渣奉献给她时,她把脸深埋在了两手中间。

科林快步绕过桌子朝拱廊走去。吧台入口处最阴凉的地界聚着一帮百无聊赖的侍应生,可他们把他给嘘了出来。"没有水,"其中有一个道,指了指阴暗的拱形廊柱框出来的那一片满登登的等着付账的明亮的人海。科林回到他们的桌子边,握住了玛丽的手。他们的位置距两个乐队差不多远近,虽说音乐的声音并不太响,两种音乐的叠加造成的不和谐音以及节奏的错乱还是让人无所适从。"他们会给我们上点东西的,我看,"科林很没把握地说。

他们俩把手放开,往椅背上一靠。科林追随玛丽的目光看着附近的一家人,小小的婴孩由父亲托着腰在桌子上站着,在烟灰缸和空杯子之间蹒跚走动。小孩戴了顶白色遮阳帽,穿了件绿白条子的海魂衫,下面是饰有粉色蕾丝和白色缎带的鼓鼓囊囊的裤子,脚蹬黄色短袜和猩红色皮鞋。奶嘴那淡蓝色的橡皮环紧紧地贴在嘴巴上,遮住了嘴巴的形状,使婴孩带上了一种持久不变的滑稽的讶异表情。嘴角一道亮闪闪的涎水慢慢在下巴上深深的小窝窝里聚集起来,然后漫出来,带出一道明亮的尾迹。婴孩的小手一握一伸,脑袋古怪地摇晃着,两条软弱的小胖腿被又大又重、毫不知羞的尿布笨拙地分开。一双狂野的眼睛又圆又纯,目光灼灼地扫过阳光朗照的广场,看似又惊又怒地定格在大教堂的圆顶轮廓线条上,曾有人这样描述过,说那拱形的顶端,仿佛在狂喜中碎裂成为大理石的泡沫,并将自己远远地抛向碧蓝的苍穹,电光石火、天女散花般喷射而出又凝固成型,仿佛滔天巨浪瞬间被冰封雪盖,永不再落下。那婴孩发出一个含混粗嘎的元音声响,两只小胳膊抽搐地指向大教堂的方向。

科林在一个侍应生端着一托盘空瓶子朝他们转过身来时试探性地举起手来;可他的手还没举到一半,那人就已经从他们身边过去了。旁边那一家人准备要离开了,那个婴孩被传递了一圈,最后母亲把他接了过去,她用手背擦了擦孩子的嘴巴,然后小心地背朝下把他放进一辆镀银装饰的婴儿车里,经过一番激烈的斗争以后,把孩子的胳膊和前胸套进一套有很多搭扣的皮质扣带中。婴孩被推走的时候仰面躺着,眼睛狂怒地紧盯着天空。

"我在想,"玛丽眼看着婴孩远去,说,"孩子们也不知道怎么样了。"玛丽的两个孩子跟他们的父亲在一起,而这位父亲就住在一个乡村公社里。他们来到这里的头一天就写好了三张明信片准备寄给他们,可直到现在仍躺在他们旅馆房间的床头桌上,还没贴邮票呢。

"正在想念他们的电视、香肠、漫画书和碳酸饮料,不过其他方面应该都还好吧,我猜,"科林道。有两个男人手牵着手在找个可以坐的地方,靠着他们的桌子站了一会儿。

"所有那些高山和开阔地带,"玛丽说。"你知道,这地方有时候真是要把你给憋屈死了。"她瞥了一眼科林。"真够压抑的。"

他握住她的手。"我们应该把那几张明信片寄出去。"

玛丽把手抽了回去,四下打量着几百英尺范围内那些无穷无尽的拱廊和柱子。

科林也打量了一番。根本看不到侍应生的影子,而每个人面前的杯子似乎都是满的。

"这儿真像个监狱,"玛丽说。

科林把胳膊一抱,不错眼地看了她很长时间。到这儿来是他的主意。最后他说,"我们的机票钱已经付了,航班要十天以后才起飞。"

"我们可以乘火车。"

科林的目光越过了玛丽的头。

那两支乐队已经同时停止了演奏,乐师们正朝着拱廊走去,前往他们各自所属的咖啡馆的吧台;没有了他们的音乐以后,广场显得更加开阔了,只听到游客的脚步声响:正装皮

56

鞋尖锐的踢踏声,便鞋凉鞋的拍击声;还有各种人声:敬畏的低语,孩子们的喊叫,做父母的喝止。玛丽抱起手臂,把头垂了下来。

科林站起身来朝一个侍应生挥舞着两条手臂,那人点了下头,开始朝他们这边走过来,一路上还收了几张酒水单、几个空杯子。"我简直难以置信,"科林欢欣鼓舞地叫道。

"我们应该把他们也带了来的,"玛丽冲着自己的膝头道。

科林还没坐下。"他真的过来了!"他坐下来,用力拉住她的手腕。"你想要点什么?"

"我们把他们撇下不管真是卑鄙。"

"我觉得我们够体谅他们的了。"

侍应生,一个看起来派头十足的大块头男人,蓄着浓密的、泛起灰白的胡子,戴着金丝边眼镜,突然出现在他们桌前,朝他们俯下身来,眉头微微耸起。

"你想要什么,玛丽?"科林急切地轻声道。

玛丽交叉着两只手放在膝上说,"一杯水,不加冰。"

"好的,两杯这样的水,"科林急迫地说,"还要……"

侍应生直起身来,鼻孔里喷出一丝冷气。"水?"他冷淡地道。他的目光把他们俩来回扫了一遍,估量着他们衣衫不整、头发凌乱的状况。他退后一步,冲着广场的一角点了下头。"那里有个水龙头。"

他就要举步离开了,科林在椅子里转了一圈,抓住了他的袖口。"别走,侍应生,"他请求道,"我们还想要点咖啡和⋯⋯"

侍应生把胳膊抽了回来。"咖啡!"他重复道,他的鼻孔嘲弄地猛然张开。"两杯咖啡?"

"是,是的!"

那人摇了摇头,走掉了。

科林瘫坐在椅子上,闭上眼睛慢慢地摇着头;玛丽挣扎着想把身子坐直。

她轻轻地在桌子底下踢着他的脚。"算了吧。十分钟我们就走回旅馆。"科林点了点头,可是并没有睁眼。"我们可以冲个淋浴,坐在我们的阳台上,想要什么都可以叫他们给我们送上来。"眼看着科林的下巴都垂到了胸口,玛丽就更来劲了。"我们可以上床。嗯,干干净净的白被单。我们把百叶窗都关上。还有什么更好的主意?我们可以⋯⋯"

"好吧,"科林沮丧地说。"咱们这就回旅馆去。"可他们俩谁都没动弹。

玛丽噘了噘嘴巴,然后说,"他也可能把咖啡给咱们端来吧。摇头在这地方可以表示很多意思呢。"

晨间的暑热已经大大增强,人群也稀少了很多;现在有足够多的空闲桌子了,那些仍然在广场上行走的要么是极端热忱的观光客,要么就是真有事情要办的本地市民了,所有那些分散开来的人形,都被空下来的大块空间反衬成了矮子,在扭曲变形的空气中发着微光。乐队在广场对面再度集结起来,开始演奏一支维也纳华尔兹舞曲;在科林和玛丽这边,乐队的指挥在迅速翻阅一本总谱,乐师们正各就各位,将架子上的乐谱安放妥当。两个人相互间太了解的结果之一就是玛丽和科林经常发现他们俩会不约而同地关注起同一样东西来:这次,他们盯上的是两百英尺以外一个背对他们的男人。他的白色西装在强烈的阳光底下非常显眼;他已经停了下来倾听那支华尔兹舞曲。他一只手拿着架相机,另一只手夹着根香烟。他懒洋洋地用一只脚支撑着全身的重量,脑袋随着简单的节奏动来动去。然后他突然转过身来,像是听厌了,因为曲子还没奏完,缓步朝他们的方向走来,一边把香烟扔掉,又看都没看地碾了一脚。他从胸袋里取出一副太阳镜,丝毫没有扰乱他的步幅,戴上之前用一块白手帕大约摸地擦了擦;他的每个动作看起来都是如此高效而又经济,简直像是精心设计好了的。虽然他戴上了太阳镜,穿上了剪裁精致的西装,系上了浅灰色的丝质领带,他们还是马上就认出了他,眼看着他朝他们越走越近,就像被施了催眠术。没有迹象表明他是否也看到了他们,不过他现在是径直朝他们的桌子走来了。

科林呻吟了一声。"我们应该回旅馆去的。"

"我们应该把脸背过去。"玛丽道,可他们俩继续看着他越走越近,受到一种在一个外国城市认出某个人来的新奇感驱使,也受到看见人家却没被人家发现的魅惑力所驱动。

"他已经走过了,"科林悄声道,可,就像是受到了提示似的,罗伯特停下了脚步,摘下太阳镜,把手臂整个儿张开叫道,"我的朋友们!"朝他们飞快地走上来。"我的朋友们!"他握住了科林的手,将玛丽的手举到唇边亲吻。

他们俩坐回到椅子上,虚弱地朝他微笑。他已经找到了把椅子,在他们俩中间坐下来,笑得嘴都合不拢了,仿佛他们已经分离了好几个年头,而非好几个钟头。他在椅子上懒散地舒展开四肢,把一只脚的脚踝架在另一条腿的膝盖上,展现出浅奶油色的软皮靴子。他用的古龙水的淡淡香味,跟前夜的香水截然不同,在桌子边弥散开来。玛丽又开始抓她的腿。当他们解释说他们还没回过旅馆,在大街上睡了一觉时,罗伯特惊恐地叹息不已,坐直了身子。广场对面,那第一首华尔兹舞曲已然在不知不觉间跟第二首曲子掺和到了一起;就在他们附近,第二支乐队开始演奏一首节奏硬朗的探戈舞曲,"赫尔南多的避难所"。

"这都是我的错,"罗伯特叫道。"我把你们耽搁得太晚了,用我的红酒还有我那些愚蠢的故事。"

"别再抓了,"科林对玛丽说;对罗伯特则说:"哪里哪里。我们本该带着地图的。"

可罗伯特已经站了起来,一只手放在科林的前臂上,另一只手去握玛丽的手。"是的,责任确实在我。我该为这一切设法弥补一下;请一定接受我的好意。"

"噢,这可不行,"科林含混地道。"我们该回旅馆了。"

"你们都累成这样了,旅馆可算不上什么好地方。我会让你们感觉舒适已极的,你们会忘掉那个可怕的夜晚。"罗伯特把他的椅子推到桌子底下,好让玛丽经过。

科林拽住她的裙子。"等一下,我们……"简短的探戈舞曲突然奏出最后的乐句,通过聪明的转调,变成了一首罗西尼的序曲;对面的华尔兹也已经变成了一首加洛佩德舞①曲。科林也站了起来,皱着眉头努力想集中起精神。"等一……"

可罗伯特正拉着玛丽的手穿过桌子间的空隙。玛丽的动作看起来活像是梦游人缓慢的机械动作。罗伯特转过身来,不耐烦地喊科林。"我们叫辆出租车。"

他们经过乐队,经过钟楼,钟楼的影子如今已经缩到仅余一点残根了,来到繁忙的码头区,熙熙攘攘的潟湖的焦点地带,那里的船老大像是立马就认出了罗伯特,拼了命地争相要他惠顾。

---

① 一种两拍子的快速轮舞。

五

　　透过半开的百叶窗,正在西沉的太阳将一组菱形的橘黄色条纹投射到卧室的墙上。应该是缕缕的薄云的移动,使光纹暗淡、模糊下去,然后再度明亮、清晰起来。玛丽在醒明白之前已经盯着它们看了整整半分钟。房间的天花板很高,白墙,非常整洁;在她跟科林的床间放了张看起来很脆弱的竹制小桌,桌上是一个石头的水壶和两只玻璃杯;一个饰有雕刻的五斗橱靠在旁边的墙上,橱子上摆一个陶质花瓶,瓶里出人意外地插了一小枝缎英①。干燥的银色叶子在透过半开的窗户吹进房间的温暖气流中微微颤动,瑟瑟有声。地板看来是由一整块间有棕绿杂色的大理石铺就的。玛丽毫不费力就坐起身来,把光脚放在它冰凉的表面上。一扇装有百叶窗的门半开着,通往一个白色瓷砖铺砌的浴室。另一扇门,他们进来的那道门,关着,黄铜钩子上挂了件白色晨衣。

玛丽给自己倒了一杯水,睡着之前她已经喝了好几杯了;这次她只是小口地呷着,不再是大口吞咽了,她把身子坐得笔直,把脊椎拉到极限,看着科林。

他跟她一样全身赤裸,也躺在被单上头,腰部以下俯卧着,以上则略有点笨拙地朝她扭过来。他的胳膊胎儿般交叉放在前胸;两条瘦长光滑的大腿略为分开,两只小得反常,就像孩子般的脚朝内弯着:他脊椎上那些纤细的骨节一路下来,在腰背部隐入一道深深的凹槽,而且沿着这一线,在百叶窗透进来的弱光映衬下看得格外清楚,长着一种纤细的茸毛。科林窄窄的腰上有一圈小小的凹痕,就像是牙印儿,印在光滑的雪白肌肤上,那是短裤上的松紧带给勒的。他的两瓣屁股小而紧实,像是小孩子的。玛丽俯下身来想爱抚爱抚他,又改变了主意。反而把水杯放在小桌上,凑得更近些审视他的脸,就像审视一个雕像的脸。

他脸庞的构造真是精致优美,而且具有一种无视惯常比例的独创和精巧。耳朵——只看得到一个——很大而且略有些突出;皮肤如此苍白细腻,简直就是半透明的,耳朵里面

---

①   一种欧洲植物(一年生缎花属、一年生缎花),栽培价值在于其紫色芳香的花和扁圆的、银白色的纸质荚果。

的皱褶也比普通人的要多出好多倍来,形成了不可思议的螺旋;耳垂也太长,鼓起来,又细下去,就像是泪滴。科林的眉毛像是粗粗的两条铅笔画出的线条,在鼻梁处逐渐弯曲下来,几乎要连接为一个点。他的眼眶极深,眼睛在睁开时是黑色的,眼下闭着,但见一圈灰色的、穗状花序般的长睫毛。在睡梦中,惯常那弄皱了他眉毛的困惑的蹙额,就连他欢笑时都难得舒展开的,舒展了开来,只留下一个几乎看不见的水印。他的鼻子也像耳朵一样,很长,可是侧面看来却并不突出;相反竟是平平的,沿着脸形延伸下来,在鼻翼处深深地刻进去,就像两个逗号的,是两个极小的鼻孔。科林的嘴挺直而又坚实,微微张开,只隐约看到一点牙齿。他的头发纤细得很不自然,像是婴儿的,纯然黑色,打着卷儿披散在他纤瘦、女性般的脖颈上。

　　玛丽来到窗前,把百叶窗整个打开。房间正对着西沉的太阳,看起来有四五层楼高,高出周围大部分的建筑。这么强烈的日光直射眼睛的情况下,她很难看清楚底下街道的样子,并由此估计他们所在的位置在旅馆的什么方位。脚步声、电视里的音乐声、餐具与碗盏的磕碰声,狗叫与无数其他的声音混杂在一起,从街道上直冲上来,仿佛出自一个巨大的交响乐团和合唱队。她轻轻地将百叶窗拉上,墙上又重现出那段光纹。受到房间内巨大的空间以及那闪亮的整块大理石地面的吸引,玛丽开始做起了她的瑜伽。屁股着地感受到的冰凉让她喘了口粗气,她端坐地上,两条腿向前伸展开,脊背挺直。她慢慢朝前俯身,长长地呼气,用两只手去够并牢牢抓住脚心,上身沿两条腿的方向趴下来,直到把头抵在小腿上。她将这个姿势保持了有几分钟时间,闭上眼睛,深呼吸。等她直起身来,科林已经坐了起来。

他还没醒明白,从她的空床看到墙上的光影,又转到地板上的玛丽。"我们这是在哪儿?"

玛丽仰面躺下。"我也不太清楚。"

"罗伯特在哪儿?"

"我不知道。"她把两腿举过头顶,直到脚尖碰到身后的地板。

科林站起来,几乎立马又坐了回去。"那么,几点了?"

玛丽的声音瓮里瓮气的。"傍晚了。"

"你痒得好些了吗?"

"好了,谢谢。"

科林再度站起来,这次小心翼翼的,四顾打量了一下。

66

他抱起胳膊。"咱们的衣服哪儿去了?"

玛丽说,"我不知道,"说着继续把两条腿向上举,形成肩倒立。

科林有些脚步不稳地走到浴室门前,探头进去看了看。"不在这里。"他把插着缎英的花瓶举起来,把衣橱的顶盖揭开。"也不在这里。"

"是啊,"玛丽道。

他又坐回到床上,看着她。"你不觉得我们该找找吗?你不担心?"

"我觉得挺好,"玛丽道。

科林叹了口气。"好吧,我来看看到底是怎么回事。"

玛丽把腿放低一点,朝着天花板道,"门上挂着件晨衣。"她把四肢尽量舒适地在地板上摆好,手掌向上,闭上眼睛,开始通过鼻子进行深呼吸。

几分钟后她听见科林的声音试探性地叫道,"我可不能穿这个。"因为他人在浴室里,嗓音听来像是瓶子里传出的。她睁开眼睛,见他从里面走了出来。"当然可以!"玛丽看着他走过来,觉得奇怪地说。"你看起来别提多可爱了。"她把他的鬈发从带饰边的领口拂开,摸着他衣料下面的身体。

"你看着就像尊神一样。我想我一定得把你领到床上去了。"她拽着他的胳膊,但被科林给拽开了。

"这根本就不是件晨衣,"他说。"是件女式睡衣。"他指着胸口位置刺绣的一簇鲜花。

玛丽退后一步。"你不知道穿上这个你看起来有多棒。"

科林开始把那件女式睡衣往下脱。"我可不能穿成这副样子,"他在衣服里面说,"在一个陌生人的家里晃荡。"

"在勃起的时候确实不行,"玛丽说着又回头练她的瑜伽。她双脚并立站好,两手靠在两侧,俯下身用手去够她的大脚趾,然后进一步将身体对折,直到将手和手腕平摊着压在地板上。

科林站着看了她一会儿,那件女式睡衣搭在他胳膊上。"很高兴你一点都不痒了,"他过了一会儿道,玛丽咕哝了一声。等她再度直起身来以后,他走到她跟前。"你得穿上这玩意儿,"他说。"去看看到底是怎么回事。"

玛丽腾空一跃,落地时两脚大大地分开。她把身体朝一侧拉伸,直到能用左手抓住左脚踝。她的右手戳在空中,她沿着右手指着的方向望着天花板。科林把睡衣扔在地板上,又躺回到床上去了。十五分钟以后,玛丽才把睡衣捡起来穿上,在浴室的镜子前把头发整理了一下,朝科林嘲弄地一笑,离开了房间。

　　她小心地缓缓穿过一条陈列着传家宝的长长的走廊,简直就是个家庭博物馆,每一寸空间都被利用了来陈列展品,所有的展品全都富丽堂皇,风格繁复得让人喘不过气来,全都是没有用过的、满怀钟爱精心呵护之下的深色桃花心木制作的各种物件,全都雕了花、上了光,八字脚外翻地站立着,但凡可以的全都加了天鹅绒衬垫。两座落地式大摆钟摆在她左手边的一个壁龛里,就像是两个哨兵,并排滴滴答答地走动。就连那些比较小型的物件,像是玻璃罩子里剥制的鸟类标本、各色花瓶、水果盏、灯座,各种无以名状的黄铜和雕花玻璃的什物,也全都显得沉重得搬不动,由时间的重量和失落的历史牢牢地压在各自的位置。西墙上有一连三个窗户,投射出同样的橘红色光纹,正在暗淡下去,不过这里的设计意图被几块陈旧的、摆成一组图案的地毯给破坏了。陈列室的正中摆着张巨大的抛光餐桌,周遭一圈配套的高背椅子。桌子头上是台电话机、便笺簿和一支铅笔。墙上挂了不下十几幅油画,大部分是肖像,也有几幅泛了黄的风景画。

所有的肖像一律都黑沉沉的：颜色暗淡的服装，混浊不明的背景，如此映衬之下的脸庞都像是月亮一样闪着微光。有两幅风景，画的都是掉光了叶子的秃树，几乎都看不太清楚了，伸展在黑沉沉的湖面上，湖岸上是举着双臂跳舞的模模糊糊的人影。

陈列室尽头有两扇门，他们就是通过其中的一扇进来的；两扇门全都小得不成比例，没有镶板镶嵌，漆成白色，给人的感觉就像是广厦被分隔成了小套间。玛丽在一口餐具柜前停下了脚步，餐具柜靠墙立在两个窗户当间儿，简直是个表面锃明瓦亮的大怪物，每个抽屉都有个黄铜的球形把手，还做成了女人头的样子。她试的几个抽屉全都锁着。柜子顶上精心陈列着整套非常讲究的个人用具：一托盘男用发梳和衣服刷子，刷背都是银质的，一只彩绘辉煌的剃须用瓷碗，几把锋利无比、能割断咽喉的剃刀摆成一个扇形，乌木架子上摆了一排烟斗，一根短马鞭，一把苍蝇拍，一个金质的火绒匣子，一块带链子的怀表。这些陈设背后的墙上挂了些运动的照片，大部分是赛马，马匹都四蹄翻飞，骑手都戴着大礼帽。

玛丽已经把整个陈列室都兜了一遍——比较大的物件

她都环绕一周,停下来朝一面镀金框的镜子里细看——这才意识到这些展品最突出的特色。西面的墙上有玻璃的拉门通向一个长长的阳台。从她站立的位置望去,因为有几盏枝形吊灯的照明,她很难看透外面半明半暗的景色,不过可以看出有很多开花的植物,还有藤蔓植物和盆栽的小树。玛丽屏住了呼吸,一张苍白的小脸正从阴影中注视着她,一张脱离了躯壳的脸,因为夜晚的天空和屋内的摆设反射在玻璃上的映像使她看不见衣服或头发。那张脸继续注视着她,眼睛眨都不眨,一张完美的椭圆脸庞;然后那张脸后退,斜地里隐入阴影当中,消失不见了。玛丽长吸了一口气。玻璃门打开的时候,房间的映像抖动了一下。一个年轻女人,头发全都朴素地挽在后头,略有些僵硬地走进房间,朝她伸出手来。"到外面来吧,"她说。"更加宜人些。"

几颗星星已然从瘀伤般淡蓝色的天空中突围出来,不过仍旧能够轻易地辨认出大海、泊船的柱子,甚至公墓小岛那黑色的轮廓。阳台的正下方,四十英尺以下,是一个废弃的庭院。密集的盆栽鲜花散发出刺鼻的浓香,浓到几乎令人作呕。那女人在一把帆布椅子上落座,同时痛苦地轻轻喘息了一声。

"是很美，"她说，仿佛玛丽已经开过了口。"我尽可能多待在外面这个阳台上。"玛丽点了点头。阳台足有半个房间那么长。"我叫卡罗琳。罗伯特的妻子。"

玛丽跟她握了握手，自我介绍了，在面对她的一把椅子上坐下。两人中间有一张白色的小桌子，桌上有一块饼干盛在一个盘子里。覆盖了墙面的常春藤正在开花，藤后面有只蟋蟀在唱歌。卡罗琳再一次注视着玛丽，就像她自己处于隐身状态一样；她的眼睛稳稳地从玛丽的头发看到她的眼睛，再到她的嘴，继续朝下看到桌子挡住了她视线的所在。

"这是你的?"玛丽指着身上那件睡衣的袖口说。

这个问题像是将卡罗琳从白日梦中唤醒了。她在椅子上坐直身体，交叉起双手放在腿上，然后又把腿架起来，仿佛特意摆出一个经过考虑的姿态来用以交谈。她说话的时候，语气有些勉强，音调也比刚才有些高。"是的，我就坐在这里自己做的。我喜欢刺绣。"

玛丽恭维了一番她的巧工，接下来的一阵沉默中卡罗琳显得拼命想找点话头讲。她紧张地一惊之下，意识到玛丽瞥过那块饼干一眼，就立刻把盘子端给了她。"请把它给吃了吧。"

"多谢。"玛丽尽量想把饼干细嚼慢咽。

卡罗琳不安地注视着。"你肯定是饿了。想吃点东西吗?"

"好呀,多谢你。"

可卡罗琳却并没有马上行动,反而说,"我很抱歉罗伯特眼下不在。他请我代为致歉。他去他的酒吧了。当然是公事。今晚上有个新经理开始当班。"

玛丽从空盘子上抬起眼睛。"他的酒吧?"

卡罗琳很艰难地准备站起来,讲话的时候明显很痛苦,冲着想帮她一把的玛丽摇了摇头。"他开了个酒吧。算是种业余爱好吧,我猜。就是他带你们去的那个地方。"

"他从没提到那酒吧是他的,"玛丽说。

卡罗琳拿起空盘子,走向拉门。走到门口的时候她得整个身子都转过来,看着玛丽。她就事论事地说,"你对这个酒吧知道得比我多,我从没去过那里。"

十五分钟后,她端着个堆满了三明治的小柳条篮子,还有两杯橙汁回来了。她慢慢地走到阳台上,让玛丽把托盘从她手上接了过去。卡罗琳小心翼翼地在椅子上坐下,玛丽还站在当地。

"你脊背受伤了？"

卡罗琳却只是愉快地说，"吃吧，也给你的朋友留几个。"然后她又迅速地加了一句，"你喜欢你的朋友吗？"

"你是说科林吧，"玛丽道。

卡罗琳讲话的时候非常小心，她的脸绷紧了，仿佛随时等着一声爆炸的巨响。"希望你不会介意。我应该向你坦白，为了公平起见。你看，你们睡觉的时候我进去看过你们。我在那个箱子上坐了有半个钟头。希望你不要生气。"

玛丽一边狼吞虎咽，一边有些半信半疑地说，"不会。"

卡罗琳突然之间像是年轻了许多。她像个尴尬的少女似的摆弄着手指。"我想还是跟你坦白的好。我不想让你觉得我是在暗中窥探你们。你不会那么想吧，对不对？"

玛丽摇了摇头。卡罗琳的声音几乎跟耳语声相差无几。"科林非常美丽。罗伯特跟我说起过的。你当然也是。"

玛丽继续吃她的三明治，一个接着一个，她目光集中在卡罗琳的一双手上。

卡罗琳清了清嗓子。"我想你会认为我简直疯了，而且还很粗鲁。你们两个相爱吗？"

玛丽已经把三明治吃掉了一半，还又多吃了一两个。

"嗨,是的,我的确爱他,不过你所谓的'相爱'也许有些不同的意味吧。"她抬头看着她。可卡罗琳还在等她继续往下说。"我不再迷恋他的身体了,如果你是这个意思的话,不像当初我刚认识他的时候。不过我信任他。他是我最亲密的朋友。"

卡罗琳兴奋地讲起话来,更像个小孩子,连少女都算不上了。"我说的'相爱',意思是你会为对方做任何事,而且……"她犹豫了一下。她的眼睛变得格外地明亮。"而且你也会让他们对你做任何事。"

玛丽在椅子上放松下来,两只手捧着空玻璃杯。"任何事可有点夸张了。"

卡罗琳话语中带着挑衅。两只小手紧紧地攥在一起。"你要是真爱上了什么人,你甚至都会甘心让他杀死你,要是必要的话。"

玛丽又拿起一个三明治。"必要?"

卡罗琳都没听见她的话。"这就是我所谓的'相爱',"她志得意满地说。

玛丽把三明治推到一边,表示不能再吃了。"如此说来,你也要做好准备把你'爱'的那个人给杀了?"

"哦没错,如果我是那个男人,就会这么做。"

"那个男人?"玛丽觉得奇怪地说。

可是卡罗琳戏剧化地举起她的食指,还伸长了脖子。"我听到有动静,"她悄声道,开始挣扎着要起来。

门犹犹豫豫地被拉开了,科林颇为小心地走到阳台上来,一只手抓着围在腰际的一块很小的白色手巾。

"这位是卡罗琳,罗伯特的妻子,"玛丽道。"这是科林。"

两人握手的时候,卡罗琳就像刚才打量玛丽一样不错眼地注视着科林;科林则盯着篮子里下剩的三明治。"拖把椅子过来,"卡罗琳道,指着阳台那边一把折叠式帆布椅。科林背朝大海在她们俩中间落座,一只手仍放在腰际,以防毛巾滑落。他在卡罗琳的密切注视之下吃起了三明治。玛丽把椅子往边上挪了挪,为的是能看到天空。有那么一刻谁都没作声。科林把橙汁喝完以后,想捕捉住玛丽的目光。然后卡罗琳再度陷入扭捏的状态,一心想找个话题,就问科林是否喜欢这个城市。"是的,"他答道,冲玛丽微微一笑,"只不过我们总是不断地迷路。"

接着又是一段短暂的沉默。然后卡罗琳突然惊叫一声,把他们吓了一跳,"当然了!你们的衣服。我都忘了。我洗

76

好而且晾干了。就在你们的浴室里那个上了锁的小橱里。"

玛丽仍旧望着夜空中越来越多的星星。"你真是太体贴了。"

卡罗琳冲着科林微笑着。"你知道,我以为你会是个很文静的人呢。"

科林一心想把罩住裆部的毛巾重新整理一下。"你以前听说过我?"

"我们睡觉的时候卡罗琳进去看了我们一会儿,"玛丽解释道,她小心地使自己的语调保持平静超然。

"你是美国人?"科林礼貌地询问。

"是加拿大人,拜托。"

科林迅速地点了点头,仿佛这期间的差别显而易见。

卡罗琳压下一声短笑,举起一把小钥匙。"罗伯特一心希望你们留下跟我们共进晚餐。他告诉我你们如果不赏光的话就不把衣服给你们。"科林礼貌地一笑,玛丽盯着卡罗琳在拇指和食指间摇晃着的钥匙。"我倒是真饿了,"科林说,看着玛丽,玛丽则对卡罗琳说,"我更愿意先拿回我的衣服,然后再作决定。"

"我也是这想,可罗伯特坚持要这么做。"她突然间严肃起来,俯下身,把手放在玛丽的胳膊上。"拜托赏光留下来吧。客人对于我们来说实在是太稀罕了。"她在恳求他们,她的目光在科林和玛丽的脸之间打转儿。"你们要是肯赏光,我简直高兴死了。我们吃得很丰盛的,我向你们保证。"然后她又加了一句,"你们要是不肯赏光的话罗伯特会责怪我的。求你们留下来吧。"

"算了,玛丽。"科林道,"咱们就留下吧。"

"求你了!"卡罗琳的语气中带了一丝凶狠。玛丽一惊之下抬起了眼睛,两个女人隔着那张桌子对望着。玛丽点了点头,卡罗琳高兴又如释重负地大叫一声,把钥匙扔给了她。

六

　　银河中最遥远的星群也都看得到了,而且并不像散落的纤尘,而是像清晰的光点,使得那些亮度更大的星系看起来令人不安地切近。夜黑得如此切实,仿佛触手可及,温暖而又甜腻。玛丽双手紧抱在脑后,凝望着天空,而卡罗琳则热切地身体前倾,盯视的目光骄傲地不断在玛丽的脸庞和夜晚的苍穹间轮转,仿佛她对夜空的庄严和宏伟负有个人责任一般。"我在这里总也待不厌。"她像是想要骗得赞誉,可玛丽却连眼睛都不眨一下。

　　科林从桌上拿起钥匙,站起身来。"我要是能穿得比这个更多一些,"他说,"我感觉会更好一点。"他在已经露出大腿的部位把毛巾又往下拉了拉。

　　他走了以后,卡罗琳道,"男人感觉害羞的时候,该是多么可爱啊!"

玛丽却感慨起星群的明净清晰,感慨身在城市能够看到夜空是何等的稀罕。她的语气显得深思熟虑又平静超然。

卡罗琳一动不动地端坐着,像是一直要等到闲谈的袅袅余音完全消逝之后才又开口道,"你认识科林有多久了?"

"七年了,"玛丽道,并没有朝卡罗琳转过身来,在以插话迅速解释了一下她两个孩子的性别、年龄和名字后,继续描述她的一双儿女都何等地迷恋星星,他们如何能够叫出十几个星系的名字,而她却只认得一个,就是猎户星座,他那巨大的形体眼下就横跨在她们面前的夜空中,他鞘内的宝剑就像他遥远的四肢一样明亮异常。

卡罗琳大约摸地扫视了一下那部分天空,然后把手放在玛丽的手腕上,说,"你们俩可真是一对璧人,如果你不介意我这么说的话。两个人体型都这么漂亮,简直像是对双胞胎。罗伯特说你们俩没有结婚。那你们住在一起吗?"

玛丽把胳膊抱起来,最后还是转向了卡罗琳。"不,不住一起。"

卡罗琳已经把手撤回来了,又开始注视着那只手搁在膝上的位置,仿佛它已经不再是她自己的了。她那张小脸,在周遭的黑暗以及全部拢在脑后的发式衬托下简直就是一个完美的几何学上的椭圆,正因其整齐和匀整而显得毫无特征,如此清白无辜,也丝毫看不出年龄。她的眼睛、鼻子、嘴巴、皮肤,所有的一切似乎都是由某个委员会特意设计为只需满足最起码的功能性要求。比如说她的嘴,丝毫不会超越这个词儿本身的设定,就是她鼻子底下一道可以移动的、长着嘴唇的切口。她把目光从膝上抬起来,发现自己正盯进玛丽的眼睛;她让她的目光马上又落到她们俩之间的地面上,又像先前那样继续她的发问。"你干什么呢,我指的是谋生的职业。"

"我曾在戏剧界工作。"

"演员!"这个想法使卡罗琳激动了起来。她笨拙地在椅子里弯着腰,仿佛不论是让后背保持直立还是放松,都让她觉得疼痛。

玛丽摇了摇头。"我是为一个女性的戏剧团体工作。有三年的时间,我们干得相当不错,可现在已经散伙了。有太多的纷争。"

卡罗琳皱起了眉头。"女性的剧团……? 只有女演员?"

"我们当中也有人想把男人引进来,至少间或这么做。其他成员却想维持它的原样,它的纯粹性。这正是最终导致我们散伙的分歧所在。"

"只有女人参演的戏？我不能理解这怎么能成。我是说，这怎么可能发生呢？"

玛丽笑了。"发生？"她重复道。"发生？"

卡罗琳在等着她解释。玛丽压低声音，说话的时候用一只手半遮住嘴巴，仿佛是在掩饰一抹笑意。"哦，你也可以演这么出戏，表现两个刚刚认识的女人坐在一个阳台上聊天啊。"

卡罗琳眼睛一亮。"哦没错。可她们也许是在等个男人吧。"她瞥了一眼手表。"等他到了，她们也就不再聊天，要进屋去了。有些事儿就要发生了……"卡罗琳突然吃吃地笑得前仰后合；她要不是尽力屏住，早就成了哈哈大笑了；她靠在椅子上努力让自己镇定下来，并试图把嘴巴合上。玛丽严肃地点了点头，避开了目光。然后，猛吸一口气后，卡罗琳再度平静下来，虽然还气喘吁吁的。

"不管怎么说吧，"玛丽道，"我就这么失了业。"

卡罗琳把她的脊柱扭来扭去；可不管什么姿势，看来都让她觉得很疼。玛丽问要不要给她拿个靠垫来，卡罗琳却唐突地摇了摇头，说，"我一笑就会疼。"玛丽再问她何以如此的时候，卡罗琳摇了摇头，闭上了眼睛。

玛丽又坐回原来的姿势，望着天空中的星星和海上的渔火。卡罗琳透过鼻子大声地喘气，呼吸很急。过了几分钟，等她的呼吸渐趋平稳后，玛丽说，"当然，你在某种程度上是对的。大部分最好的角色都是为男人写的，在舞台上下都是如此。我们在需要的时候就反串男角。这在卡巴莱①的效果最好，当我们以滑稽的形式模仿他们的时候。我们甚至搞过一出全由女性出演的《哈姆莱特》。不小的成功呢。"

"《哈姆莱特》?"卡罗琳念叨这个词儿的方式像是完全不知道这出戏。玛丽扭头看了她一眼。"我从没读过。我自打上了学就再没看过戏。"她说这番话的时候，她们身后的陈列室里透出更多的灯光，阳台突然被透过玻璃门的光线照亮了，又由一条条深色的影子分割开来。"是那出闹鬼的戏吗?"玛丽点了点头。她正注意听着走过陈列室的脚步声，现在突然停了下来。她并没有转身去看。卡罗琳注视着她。"还有个人被锁在了女修道院里?"

玛丽摇了摇头。脚步声再起，马上又停下了。然后是拖一把椅子的声音，还有一连串金属的叮当，像是餐具的磕碰声。"有个鬼魂，"她含糊地道。"还有个女修道院，可我们从

———————————

① 卡巴莱是指有歌舞或滑稽短剧等表演助兴的餐馆或是夜总会。

来没看过。"

卡罗琳挣扎着从椅子上站起来。当罗伯特干净利落地出现在她们面前,微微一躬的时候,她刚刚站稳脚跟。卡罗琳收拾起托盘,侧身从他身边挪了过去。他们俩并未互致问候,罗伯特也没站到一边为她让路。他冲着玛丽微笑,他们俩都听着不规则的脚步声穿过陈列室的地板渐渐远去。一扇门开了又关了,然后一切陷入寂静。

罗伯特穿着他昨晚见他穿的那套衣服,同样浓烈的须后水香味。阴影造成的错觉使他显得更加矮壮了。他两手背在后面,朝玛丽走了一两步,彬彬有礼地询问她和科林睡得可好。接下来就是一连串的客套话:玛丽赞赏他们的公寓,以及阳台望出去的好景致;罗伯特解释说这整幢房子本来都是归他祖父所有的,他继承下来以后就把它分隔成了五套豪华公寓,现在他们就靠房租的进项生活。他指着那座公墓岛,说他祖父和父亲就葬在那里,并排葬在一起。然后玛丽指着身上那件棉质睡衣,站起来说她觉得她该去换上衣服了。他搀着她走进玻璃门,引她来到那张巨大的餐桌前,坚持请她先跟他一道喝杯香槟。一个银质托盘里放着一瓶香槟,周围已经摆好了四只粉色柄脚的香槟酒杯。正在这时,科林走出卧室的门，出现在陈列室那头，朝他们走来。他们俩站在桌头边上，看着他一步步走近。

科林真是焕然一新。他洗了头、刮了脸。他的衣服洗干净、熨过了。他的白衬衫得到了特殊的关照，前所未有地合身。他的黑牛仔裤像紧身衣一般紧贴着他的长腿。他慢慢朝他们走来，带着一丝局促不安的微笑，清楚地意识到他们对他的关注。他乌黑的鬈发在枝形吊灯的照耀下闪闪发光。

"你看起来真棒，"罗伯特在科林距离他们还有几步远的时候就说，又坦白地加了一句，"像个天使。"

玛丽笑意盈盈。从厨房里传来杯盘的碰撞声。她温柔地重复着罗伯特的赞语，强调着每一个用词。"你……看起来……真棒，"握住了他的手。科林笑了。

罗伯特打开了瓶塞，白色的泡沫从狭窄的瓶颈喷薄而出，他把头转向一侧，厉声叫着卡罗琳的名字。她马上就出现在一扇白门前，在罗伯特身旁就位，面向两位客人。大家共同举杯的时候，她平静地说，"祝科林和玛丽，"几口把酒喝完，又回到了厨房。

玛丽告退。陈列室两端的门刚一关闭，罗伯特就再次给科林把酒满上,轻轻地拉着他的胳膊肘,领他绕过家具来到一个地方,他们可以不受阻碍地从陈列室这头走到那头。仍然没有放开科林的胳膊肘,罗伯特一一向他讲解他父亲和祖父留下来的财产的各个方面:一位著名的橱柜匠人为他祖父精心打造了这个堪称无价之宝的边桌,以其独一无二的镶嵌工艺著称——他们已经来到这个边桌面前,罗伯特伸手抚摸了一遍桌面——为的是报答他祖父以法律手段挽救了这位工艺大师女儿的名誉;墙上挂的这些阴暗模糊的绘画——最先是由他祖父收藏的——是如何跟某些特别的著名画派扯上关系的,他的父亲又是如何向他展示某些特别的笔触无可否认是出于哪位大师之亲笔,无疑就此奠定了大师手下某位助手的作品的发展方向。这个——罗伯特捡起一个很小的著名大教堂的复制品——是用瑞士一座独一无二的铅矿的出产铸造的。科林不得不用双手捧着那个模型。他得知,罗伯特的祖父拥有这个铅矿的几支股份,矿藏很快就枯竭了,不过这里出产的铅不同于世界上任何其他地方的出产。这个小雕塑是用矿里挖出来的最后几块矿产当中的一块塑造而成,是他父亲定制的。他们继续往下看,罗伯特的手触摸着,但并没有握住科林的胳膊肘。这是祖父的图章,这是他的观剧望远镜,父亲用的也是同样这一副,通过它,这两个男人亲眼见证了某某歌剧、某某男高音和女高音的首演之夜或是纪念演出——罗伯特一一列举了几部著名歌剧和男女高音的大名。科林点头称是,至少在开头的时候还颇感兴趣地提了几个凑趣儿的问题。不过其实并没这个必要。罗伯特领他来到一个小小的雕花桃花心木的书架面前。上面摆放着父亲和祖父爱看的小说。所有这些书全都是初版,全都钤有一位著名书商的印章。科林知道这家书店吗?科林说他听说过这个地方。罗伯特已经带他来到两个窗子中间靠墙摆放的那个餐具柜前。罗伯特把酒杯放下,双手垂于身侧,挺身肃立,把头垂下,像是在祈祷。科林恭恭敬敬地后退几步站好,细细打量着这些摆设,不禁让他想起小孩子过家家玩的游戏。

罗伯特清了清嗓子说:"这都是家父日常使用的器物。"他略作踌躇;科林不安地望着他。"都是小玩意儿。"再度陷入沉默;科林用手指梳理了一下头发,罗伯特则一门心思地盯着那些刷子、烟斗和剃刀。

等他们终于继续朝前走的时候,科林轻轻地说,"令尊对你非常重要。"他们又回到了餐桌前,罗伯特把瓶子里的香槟都倒到了两人的杯子里。然后他引科林朝一把皮扶手椅走去，可他自己却仍站在那里，他的样子迫使科林不得不不安地朝枝形吊灯的亮光处转过脸来，看他脸上的表情。

罗伯特的口气就像是跟一个孩子解释那些不证自明的事情一样。"家父和家祖对自我的认识都非常清楚。他们都是男人，都以他们的性别而自豪。女人也都理解他们。"罗伯特喝干了杯中酒，又加了一句，"没有任何含混之处。"

"女人都是听人怎么说她就怎么做。"科林说，半眯着眼睛斜睨着灯光。

罗伯特的手朝着科林动了一小下。"现如今男人都在怀疑自己，他们恨自己，甚于他们之间彼此的恨。女人都拿男人当孩子对待，因为他们不能严肃认真地对待自己。"罗伯特坐在椅子扶手上，把手放在科林肩上。他的声音低沉了下来。"可她们爱男人。不管她们声称相信什么，女人爱的还是男人身上的侵略性和力量。这一点深入她们的骨髓。你就看看一个成功的男人能吸引到的所有那些女人吧。如果我说的不是事实，那么女人应该跳起来反对每一次战争。正好相反，她们乐于把自己的男人送去打仗。那些和平主义者，那些反对者，绝大多数都是男人。即便她们明明痛恨这一点,女人仍旧渴望着被男人所统治。这已经深入她们的骨髓。她们是在对自己撒谎。她们谈论着自由,梦想的却是囚禁。"罗伯特说话间轻柔地按摩着科林的肩膀,科林啜饮着他的香槟,盯视着前方。罗伯特的声音此时带上了某种朗诵的调调,就像个孩子在背诵乘法表。"是这个世界塑造了人们的思想。是男人塑造的这个世界。所以女人的思想就是由男人塑造的。从最早的童年时期,她们看到的这个世界就是由男人塑造的。现如今女人却开始对自己撒起谎来,于是到处都充满了混乱和苦恼。在家祖的时代却完全不是这个模样。他留下来的很少几样东西给我提了这么个醒。"

科林清了清嗓子。"令祖的时代也已经有主张妇女参政的人士了。而且我不明白你有什么好烦恼的。这个世界不是仍然由男人统治吗?"

罗伯特纵容地一笑。"可是统治得很糟。他们不相信自己是男人了。"

大蒜和煎肉的气味开始充满了房间。从科林的脏腑远远地传来一阵拖长的声音,就像电话里传出来的话语。他慢慢地俯下身来,脱离了罗伯特的手。"如此说来,"他说着站起身来,"这是个献给旧日的好时光的博物馆喽。"他的声音亲切友善,可又有些紧张和不自然。

　　罗伯特也站了起来。他脸上几何一样的纹路更加深了,而且他的微笑呆板、凝滞。科林暂时转身把空杯子放在椅子扶手上,待他身子刚直起来,罗伯特就一拳打在他肚子上,很放松很从容的一拳,如若不是这一拳当即就把科林两肺里所有的空气全都排空了的话,看起来还像是玩笑呢。科林弯腰弓背倒在罗伯特脚下,不断地翻腾,而且他拼命吸气的时候喉咙里发出类似大笑不止的声音。罗伯特把两个空杯子放回桌上。回来后他把科林从地上扶起来,让他弯下腰再直起来,如此做了数次。科林终于挣脱开来,在房间里踱着步,大口地吸着气。然后他取出一块手绢轻擦着眼睛,泪眼蒙眬地越过家具怒视着罗伯特,罗伯特则点起一根香烟,朝厨房门走去。到达厨房之前,他转过身来,朝科林丢了个眼风。

　　科林坐在房间的一个角落里,看着玛丽帮卡罗琳摆桌子。玛丽时不时担心地瞥他一眼。一度,她还穿过房间捏了捏他的手。罗伯特直到头道菜上桌才又出现。他已经换了一身浅奶油色的西装,打了条窄细的黑色缎子领带。他们喝了一种清汤,然后吃了牛排、蔬菜沙拉和面包。开了两瓶红酒。他们都坐在餐桌的一头,很近地靠在一起,卡罗琳和科林坐一边,罗伯特和玛丽坐另一边。为了回答罗伯特的问题,玛丽谈起了她的孩子。她十岁大的女儿终于入选了校足球队,可是头两次参加球赛遭到男孩子野蛮的阻截,她不得不在床上躺了一个礼拜。然后她就把头发给剪了,为了下次比赛避免遭人迫害,她甚至进了一个球。她儿子比女儿小两岁半,能在九十秒内在当地运动场的跑道上跑完一圈。等她解释完了所有这些以后,罗伯特点点头,把注意力转移到了自己的食物上。

饭吃到正当中的时候,出现了一段拖长了的沉默时间,只能听到餐具碰到盘子的声音。然后卡罗琳就孩子们就读的学校很紧张地问了个很复杂的问题,迫使玛丽详细地谈到最近通过的一项法案,以及一次改革运动的破产。她在求助科林予以证实的时候,他是以最简短的方式回答的;而当罗伯特俯身越过桌面碰了碰科林的胳膊,指了指他差不多空了的酒杯时,他却掉转目光,越过卡罗琳的头望着一个堆满报纸和杂志的书架。玛丽突然间截住话头,道歉说她太多话了,语气中却包含着愠怒。罗伯特冲她微微一笑,握住了她的手。同时他吩咐卡罗琳到厨房去拿咖啡。

仍旧握着玛丽的手不放,他同时将科林也纳入他微笑的对象。"今晚有个新经理开始在我的酒吧工作。"他举起酒杯。"为我的新经理干杯。"

"敬你的新经理,"玛丽说。"你的老经理出什么事了?"

科林已经拿起了酒杯,但没有举起来。罗伯特专注地望着他,等科林终于把酒喝了以后,罗伯特说,仿佛是教一个呆子学习礼节,"为罗伯特的新经理干杯。"他给科林把酒满上,然后转向玛丽。"老经理老了,眼下又跟警察惹上了麻烦。新经理……"罗伯特噘起嘴唇,在迅速瞥了一眼科林的同时用食指和拇指比画出一个紧绷的小圆环。"……他知道怎么对付麻烦。他知道该采取行动的时机。他不会让人占了他的便宜。"科林迎住罗伯特的目光,跟他对视了一会儿。

"听起来他可真是你的人,"玛丽礼貌地道。

罗伯特对着她胜利地点头微笑。"确实是我的人,"他说,放开她的手。

等卡罗琳端着咖啡回来的时候,她发现科林懒散地瘫坐在一把躺椅上,而罗伯特跟玛丽平静地在餐桌边闲谈。她把咖啡给科林端过去,挨着他蹲下来,下蹲的时候又疼得一趔趄,伸手撑在了他膝盖上。回头迅速地瞥了一眼罗伯特以后,她开始问起科林的工作和家庭背景,可是从她听他说话的时候目光不断在他脸上打转的方式,从她显然有所准备的一大堆新问题看来,她显然并没怎么听他说了些什么。看起来她渴望得到的是他们在交谈的事实,而非谈话的具体内容;她的头朝他俯下来,仿佛要将她的脸沐浴在他话语的洪流中。尽管如此,或许正因为如此,科林讲得煞是轻松,先是他想成为一位歌手未能如愿,然后讲到他的第一份演艺工作,再后来讲到他的家庭。"然后我父亲死了,"他最后道,"我母亲又嫁了人。"

卡罗琳又在酝酿另一个问题,不过这次有点犹豫。她身后的餐桌那边,玛丽打着呵欠正要站起来。"你们还会……"卡罗琳顿住了,又重新开始。"你们很快就要回家了吧,我猜。"

"下周。"

"你们还会再来吗?"她碰了碰他的胳膊。"你能保证再来一次吗?"

科林回答得礼貌又含混。"是呀,当然了。"

可卡罗琳却很坚持:"不,我是认真的,这非常重要。"玛丽正朝他们走过来,罗伯特也站起身来。卡罗琳压低声音。"我不能走到楼下去。"

93

玛丽已经站在了他们面前,不过在听到卡罗琳的窃窃私语后,她又继续朝那个书架走去,随手捡起一本杂志。"也许我们该走了,"她叫道。

　　科林巴不得地点点头,就要起身的时候,卡罗琳抓住了他的胳膊悄声道,"我不能出去。"

　　罗伯特来到书架前陪着玛丽,两个人一起在看一张巨大的照片。她把照片拿在手上。是个男人站在阳台上抽烟。照片印得颗粒很粗,很不清楚,是从远处拍摄又放大了好多倍的。他让她拿着看了几秒钟,然后从她手里接过去,放回到书架上了。

　　科林和卡罗琳站起身来,罗伯特打开房门,把楼梯顶上的灯打开。科林和玛丽谢了罗伯特和卡罗琳的盛情款待。罗伯特告诉玛丽他们该怎么回到旅馆。

　　"记着……"卡罗琳对科林说,可罗伯特把门一关,她那句话的后半段也就此截断了。他们走下第一段楼梯时,听到一声脆响,正如玛丽后来所说,既有可能是什么东西掉在了地上,同样也有可能是一记耳光。他们下完楼梯,穿过一个很小的院子,来到没有街灯照明的街上。

　　"现在,"科林道,"该怎么走?"

七

　　接下来的四天里,科林和玛丽几乎成天都窝在旅馆里足
不出户,除非是穿过繁忙的大道在浮码头的咖啡馆里坐一会
儿,因为那里比他们自己的阳台早两个小时晒到太阳。他们
一日三餐全都在旅馆里解决,就在那个逼仄的餐厅里,浆硬
的白色桌布,甚至连食物,全都被窗户上的彩色玻璃染上了
黄绿的色彩。其他的顾客都很友好很好奇,礼貌地探身朝向
彼此的桌子,交换着各自的旅游心得:他们都参观了哪些名
气相对较小的教堂,看到了由哪一备受尊敬的流派中的哪位
相对任性的艺术家绘制的圣坛壁画,尝试了哪家只有当地人
光顾的餐馆。

　　从罗伯特家里出来以后,他们俩在回旅馆的路上一直都
手牵着手;那天晚上他们是在同一张床上睡的。醒来后惊讶
地发现他们原来睡在各自的怀抱里。他们的做爱也让他们

大吃一惊，因为那种巨大的、铺天盖地的快乐，那种尖锐的、几乎是痛苦的兴奋——就像他们当天傍晚在阳台上说起的——简直就是七年前初识时他们体验到的那种激动。他们怎么竟然如此轻易地忘得一干二净了呢？那种兴奋持续了不到十分钟时间。他们脸对脸躺了很长一段时间，大为震惊甚至有点感动。他们一起去了浴室。他们在淋浴底下吃吃地笑个不停，为对方的身体涂抹着浴液。洗得干干净净，香水都喷好以后，他们又回到床上做爱，一直持续到中午。汹涌的饥饿感将他们驱赶到楼下那个超小的餐厅里，其他客人中间那种热心的交谈惹得他们就像是学童般不断地窃笑。他们俩吃掉了三道菜的大餐，喝光了三升葡萄酒。他们俩在餐桌上手拉着手，谈着各自的父母和童年，就仿佛他们刚刚碰见。其他的客人都以赞许的眼光偶尔瞥他们俩一眼。离开三个半小时以后，他们再度回到已经新换了床单和枕套的床上。他们在相互爱抚当中沉入了睡眠，当他们在薄暮时分醒来后，他们又重新体验了一番一早那种短暂而又令人惊艳的快感。他们再度一起淋浴，这次没有涂抹浴液，着迷地倾听天井对面那个男人的歌声，他也在淋浴，仍旧唱他的咏叹调，"Mann und Weib, und Weib und Mann."开胃酒盛在托盘里送到他们的房间；薄薄的柠檬切片摆放在银盘里，银杯里堆满了冰块。他们端着酒杯来到阳台上，靠在摆了一排天竺葵的矮墙上，一起抽了根大麻烟，望着西沉的太阳和街上的路人。

他们就以这样的模式过了整整三天，仅有细节的调整。虽然他们经常眺望运河对面那座巨大的教堂，不断提起他们还没来时朋友们就推荐给他们的餐馆的名称，或者在正午的暑热当中不断记起某条不知名的运河岸边某条特别街道上惬意的荫凉，他们却并不真想离开旅馆半步。第二天的下午，他们已经穿好衣服准备外出探险去了，结果却再次倒在了床上，撕扯着对方的衣服，大声嘲笑着他们的无可救药。他们在阳台上一直坐到夜深，喝掉一瓶瓶的葡萄酒，任凭霓虹的店招模糊了星光，再次谈起各自的童年，不时地头一次想起某件早已遗忘的往事，构想出关于过去以及记忆本身的各种理论；他们都会让对方一直谈上一个钟头，丝毫不想去打断。他们庆幸于他们之间共通的理解，庆幸于他们之间尽管已经如此熟悉，却仍能重新发掘出如此的激情。他们为自己深感庆幸。他们惊叹于如此之激情，并对其详加描述；比之于七年前的初次体验，这更加意味深长。他们列举着他们

97

的朋友,不管是结了婚的还是没有结婚的伴侣;没有一对能像他们爱得如此之成功。他们并没有详细讨论跟罗伯特和卡罗琳共度的那一晚。他们只约略提到:"从罗伯特家回来的路上,我不禁想起……"或者"我在他们的阳台上仰望群星之时……"

他们转而讨论起了性高潮,谈起男女两性体验到的兴奋是大体相当,还是截然不同;他们都认为应该是截然不同,可这种差异是由文化差异造成的吗?科林说他一直以来就很羡慕女性的性高潮,而且他多次体验到他的阴囊和肛门之间生出的一种痛苦的空虚,几乎就是一种肉欲的感觉;他觉得这可能就近乎女性的情欲了。玛丽讲起一家报纸报导的一次实验,他们俩都对此嗤之以鼻,那次实验的目的就是为了回答他们探讨的这个问题:男性和女性的感受是否一致。他们给男女两性的志愿者每人分发一张列有两百个形容词和副词短语的单子,要他们圈出十个最能描述他们性高潮体验的词儿。然后要求第二组人员查看选出的结果,并据此猜测每位志愿者的性别,结果他们猜中和猜错的概率相等,这一实验因此得出结论,认为男女具有相同的性高潮体验。不可避免地,他们将话题转到了性政治,就像他们此前多次讨论的结果一样谈到了父权,而据玛丽的说法,这就是最终塑造了社会制度和个体生活的最强有力的唯一的组织原则。科林也一如既往反驳说,阶级优势才是更加根本的起因。玛丽摇摇头,不过他们俩终究会尽力找到共同点的。

他们又回到自己的父母身上;他们都获得了母亲的,又获得了父亲的哪些个性特征:父母之间的关系如何对他们自己的生活、对他们之间的关系造成了影响。"关系"这个词儿这么频繁地出现在他们的嘴皮子上,他们都说腻味了。可他们又一致认为除此之外也没有合适的替代语。玛丽谈到她自己身为人母的感受,科林说的则是他自己作为玛丽两个孩子的后爹的感受;所有的思考,所有的焦虑和回忆统统被用来解释他们自己以及相互的性格,为因此而发明的各种理论服务,就仿佛在发现自己经由一种不期而至的激情而获重生之后,他们必须得重新创造一个全新的自己,就像要为一个新生儿、一个新角色、小说中一个突然的闯入者命名一样,重新为自己命名。他们也有好几次重新回到年华老去的话题;回到突然间(还是逐渐地)发现他们已经不再是他们认识的最年轻的成年人的话题,发现他们的身体开始渐感沉重,已经不再是个可以完全自行调节的机体装置,可以对它置之不理,已经必须相当密切地予以关注并有意识地对其进行锻炼了。他们一致同意,这次的浪漫插曲虽让他们重获了青春,可他们并未受到蛊惑;他们同意他们会渐渐老去,终有一天他们会死,而且这种成熟的反思,他们觉得,会为他们的这种激情带上一种附加的深度。

事实上,正是他们意见的统一才使他们能够如此耐心地穿越如此众多的话题,导致他们一直到凌晨四点仍然在阳台上絮絮地谈论不休,盛大麻的聚乙烯袋子、利兹拉的卷烟纸和空葡萄酒瓶散落在他们脚边——他们意见的统一不单单是他们俩各自的精神状态的结果,还是一种修辞格,一种行为方式。在他们前面有关重要问题的讨论中(这种讨论随着岁月的流逝,也自然而然地越来越少出现了)有个不言自明的假定,即真理愈辩愈明,一个话题只有从相反的两个方面来看才能得到最好的探究,即便两人原本的观点并非是对立的也最好对立着来;你与其提供一种深思熟虑的观点还不如只管针锋相对来得重要。这个观念,如果这果真是个观念而非一种习惯性思维,也就是说对立的双方,因为怕自己的观点会有相互抵触的地方,在经过一番争论之后可以将自己的观点磨砺得更加精确、严密,就像科学家们向他们的同事提

出一种新方法或新技术时的情形。可结果却往往是——至
少对于科林和玛丽来说是这样——这些话题被真正探究的
程度远不及防卫性的老生常谈,要么就被迫进入对不相干的
枝节问题的尽情发挥,双方还谈得亢奋不已。眼下,他们在
相互鼓励之下倍感从心所欲,于是就像小孩子来到了海边岩
石区内的众多潮水潭子,他们俩不断地从一个问题跳到另一
个问题。

　　可尽管有这些讨论,有这种直达讨论本身之真意的分
析,他们却并没有谈起他们此次新生的起因。他们的谈话,
在本质上并不比他们的做爱更加冷静客观;不管是讨论还是
做爱,他们都只活在当下这一刻中。他们相互紧紧地依偎在
一起,在性爱中如此,在谈话时亦然。一起冲淋浴的时候,他
们开玩笑说不如把他们俩铐在一起,然后把钥匙扔掉。这个
想法让他们性欲勃发。他们就这么浑身水淋淋的而且连淋
浴都没关,迫不及待地回到床上更加深入地考虑去了。他们
在做爱的过程中,各自在对方的耳边喃喃低语着一些毫无来
由、凭空杜撰的故事,能够使对方因无可救药的放任而呻吟
而嗤笑的故事,使宛如中了蛊惑的听者甘愿献出终身的服从
和屈辱的故事。玛丽喃喃念诵说她要买通一个外科医生,将

科林的双臂和双腿全部截去。把他关在她家里的一个房间里，只把他用作性爱的工具，有时候也会把他借给朋友们享用。科林则为玛丽发明出一个巨大、错综的机器，用钢铁打造，漆成亮红色，以电力驱动；这机器有活塞和控制器，有绑带和标度盘，运转起来的时候发出低低的嗡鸣。科林在玛丽的耳边絮絮不休。玛丽一旦被绑到机器上——有专门的管道负责喂食和排泄——这个机器就会开始操她，不光是操她个几小时甚或几星期，而是经年累月地一刻不停，她后半辈子要一直挨操，一直操到她死，还不止，要一直操到科林或是他的律师把机器关掉为止。

然后，等他们冲过澡、喷过香水，坐在阳台上啜饮着饮料，越过盆栽的天竺葵望着下面街上过往的游客，他们絮絮叨叨的故事就显得相当乏味，相当愚蠢了，他们也就心不在焉，有一搭没一搭了。

整个温暖的夜里，躺在狭窄的单人床上，他们在睡眠中最典型的拥抱姿势是玛丽搂着科林的脖子，科林搂着玛丽的腰，两个人的腿交叉在一起。而整个白天，即便是在所有的话题和欲望都暂时耗尽的时刻，他们仍旧腻在一起，有时感觉都要被对方温热的肉体闷得透不过气来了，可仍旧不能分开哪怕一分钟,就仿佛他们都害怕面对孤独和私底下的念头,害怕这会毁掉他们分享的一切。

这种怕也并非毫无来由。在第四天早上,玛丽醒得比科林早,于是轻手轻脚地从床上下来。她迅速地梳洗更衣,即便她的动作算不上蹑手蹑脚,也绝非粗心大意;她把房门打开的时候动作也特意放得轻柔、协调,而非习惯性地用手腕猛地一拉。室外的温度比通常十点半的时候要凉快,空气异常清新;阳光像是把刻刀,要将万物最精细的线条都刻画得一清二楚,并用最深的阴影将其烘托出来。玛丽穿过人行道,来到浮码头上,在最边上的位置拣了张桌子坐下来,靠水面最近而且整个都暴露在阳光之下。可她的光胳膊仍然觉得凉飕飕的,她戴上太阳镜四望找寻侍应生的时候微微打了个寒战。她是咖啡馆唯一的客人,也许还是当天的头一个顾客。

一个侍应生撩开人行道对面一扇门上的珠帘,作势表明已经看到她了。他走出她的视线,一会儿又重新出现,端着个托盘朝她走来,托盘上是个巨大的、热气腾腾的杯子。他把杯子放下,说明这是店家免费奉送的,玛丽虽说更想要一杯咖啡而不是热巧克力，仍然道谢接受了。侍应生微微一笑，脚后跟干净利落地一个转身。玛丽把椅子稍微往里挪了挪，这样就能面朝他们房间的阳台和下着百叶窗的窗户了。距她的双脚不远处，水波轻拍着浮码头外面的一圈橡胶轮胎，这是为了在铁质的驳船系泊时保护浮码头之用的。她坐下来还不到十分钟，仿佛受到她光临的鼓励似的，别的客人已经又占据了好几张桌子，侍应生也增加到了两个，而且两人都忙得团团转。

她喝着热巧克力，一边望着运河对面那个巨大的教堂和周围簇拥着教堂的房屋。偶尔，码头区某一辆小汽车的挡风玻璃会映上初升的太阳，将阳光穿越水面反射过来。距离太远，看不清对面行人的模样。然后，当她把空杯子放下，放眼四望时看到科林衣冠整齐地出现在阳台上，越过一段大约六十英尺的距离冲着她微笑。玛丽热情地回他一笑，可是当科林稍微移动了一下他的位置，像是踩到了什么东西，碾了一下，她的微笑一下子凝住了，接着就消退了。她困惑地低下头，又回头朝运河对面瞥了一眼。有两排船只正在经过，船上的乘客正兴奋地相对喊叫。玛丽又朝阳台望去，已经能够再度微笑了，可是一等科林走进房内，在他下来找她之前她有那么几秒钟的独处时间,她又视而不见地紧盯着远处的码头区,头侧向一边,就像是拼命想记起什么,可终究未能如愿。科林过来以后他们对吻了一下,紧挨着坐下,在那儿消磨了两个钟头。

当天下剩的时间仍旧遵循了前三天的模式进行;他们离开咖啡馆回到自己的房间,女服务员刚刚完成清理工作。他们上去的时候正好碰到她出来,一边的胳膊底下夹着一包脏床单和枕套,另一只手拎着一个废纸篓,里面是半满的用过的纸巾,还有科林剪下来的脚趾甲。为了让她过去,他们得紧贴在墙上,她礼貌地向他们道早安时他们俩都略为有点脸红。他们在床上待了不到一个钟头,午餐用去了两个钟头,又回到床上,这次是为了睡觉;睡醒以后两人做爱,完事以后又在床上赖了一段时间,然后去淋浴,穿好衣服以后把傍晚下剩的时间,晚餐前和晚餐后,都消磨在阳台上了。玛丽自始至终都显得有些焦虑不安,科林也提到了好几次。她承认是有什么心事,可是藏在她的意识以外,就是够不着,她解释说,这就像是做了个生动无比的梦,可就是想不起来了。傍晚时分,他们判定两人都深受缺乏运动之苦,于是计划明天搭船渡过潟湖,到那块广受欢迎的狭长陆地上去玩,那里的海滩面对着开阔的大海。这么一来,他们俩又详详细细、兴高采烈地——因为他们刚又抽了根大麻烟——谈起了游泳,他们偏爱的泳姿,江河湖海和游泳池相比而言各自的优势,以及水对于人们的吸引力的确切本质是什么;是古代海上的祖先被埋葬的记忆吗? 说到记忆,玛丽不禁又皱起了眉头。这以后的谈话就变得散漫无稽了,他们上床的时间也比平常早了一些,午夜前一点点。

第二天早上五点半,玛丽大叫一声醒了过来,也许是大叫了几声,在床上直直地坐起来。白昼最初的光线正透过百叶窗映进来,一两样更显惨淡的物件已经可以分辨出来。从隔壁的房间传来喃喃的低语和电灯开关的声音。玛丽紧紧搂住双膝,禁不住哆嗦起来。

科林这时也醒明白了。他抬手安抚着她的后背。"做噩梦了?"他说。玛丽避开他的触摸,后背紧绷起来。当他再次伸手抚摸她,这次是在肩部,像是要把她拉回去挨着他躺下,她猛一扭身甩脱他的手,干脆下了床。

科林坐了起来。玛丽站在床头位置盯着科林在枕头上压出来的凹印。隔壁有脚步声穿过房间,门开了,脚步声又在走廊上响起,然后又突然间中断了,像是有人在

106

倾听。

　　"怎么了,玛丽?"科林道,伸手去拉她的手。她把手缩了回去,可眼睛仍盯着他,她的目光显得震惊而又疏远,仿佛站在山顶上目睹一场灾变。不像玛丽,科林全身赤裸,他摸索着找他的衬衣时浑身哆嗦着,也站了起来。两人越过空床面面相觑。"你是被吓坏了,"科林说着,开始绕过床铺朝她走去。玛丽点点头,朝开向阳台的落地窗而去。他们房间外头的脚步声退了回去,门关上了,床上的弹簧吱嘎作响,电灯开关又咔嗒一声。玛丽把窗打开,迈步出去。

　　科林飞快地穿上衣服,跟了出去。当他开始说些安慰的话语、问她问题时,她举起一根手指压在嘴唇上。她把一张矮桌推到一边,示意科林站到桌子的位置。科林照她的指示站好,一边还忍不住在问她。她拉他转过身面朝着运河对面,朝向还是夜晚的那部分天空,然后抬起他的左手,把它放到阳台的矮墙上;右手则被她举到他脸上,要求他保持不动。然后后退几步。"你真是漂亮,科林,"她轻声道。

　　他像是突然间想到了一个简单的念头,猛地转过身来。"你醒着吗,你醒着吗玛丽?"

他朝她走过来，这次她没有躲开，反而纵身一跃，双臂紧紧搂着他的脖子，不顾一切地反复亲吻着他的脸和头。"我真是怕死了。我爱你，我怕死了，"她哭道。她的身体绷得越来越紧，哆嗦得直到牙齿都碰得咔嗒作响，她已经语不成声。

"到底怎么了，玛丽？"科林急切地说，紧紧地把她抱在怀里。她用力扯住他衬衣的袖子，想把他的胳膊拉下来。"你还没醒明白呢，是不是？你做了个噩梦。"

"摸摸我，"玛丽终于说，"求你摸摸我。"

科林把她推开一段距离，轻轻地摇晃着她的肩膀。他的声音已经嘶哑。"你必须得告诉我到底发生了什么。"

玛丽突然间平静了些，任由自己被拉回房内。她站在当地看着科林重新把床铺好。他们上床后她说，"抱歉吓到你了，"然后吻了吻他，把他的手引向她的大腿中间。

"现在不成，"科林说。"告诉我发生了什么。"

她点点头，躺下来，头枕在他的胳膊上。"抱歉，"几分钟后她又说了一遍。

"那么到底发生了什么？"他打了个呵欠道，玛丽并没有马上就回答。

一条船发动机突突轻响着沿着运河朝港区驶去,声音听得令人倍感宽慰。等它过去以后玛丽才说,"我醒来一下子意识到了是怎么回事。要是在白天我也就不会被它吓成这样了。"

"啊,"科林说。

玛丽等着,"你不想知道到底是什么吗?"科林喃喃地表示同意。玛丽再度停顿下来。"你醒着吗?"

"醒着呢。"

"罗伯特家的那张照片拍的是你。"

"什么照片?"

"我在罗伯特家看到过一张照片,照片拍的是你。"

"我?"

"那一定是从一条船上拍的,在咖啡馆后面再过去一点的地方。"

科林的腿猛地抽搐了一下。"我不记得了,"沉吟了片刻后他说。

"你要睡过去了,"玛丽说。"坚持一下再稍微醒一会儿。"

"我醒着呢。"

"今天早上我在下面的咖啡馆看到你在阳台上的时候，我还想不明白。这次我醒过来以后一下子想起来了。罗伯特给我看过那张照片。科林？科林？"

他一动不动地躺着，他的呼吸几乎都听不出来。

八

　　虽说这是迄今为止他们经历的最热的一天，而且头顶上的天空与其说是蓝不如说更接近于黑色，当他们终于一路走过繁忙的林荫道，经过街上无数的咖啡馆和纪念品商店来到海边时，海却是一片油腻腻的灰色，最轻柔的微风在其表面上堆积又驱散开一小块一小块的灰白色泡沫。水边，细微的浪花不断冲到稻草色的沙子上，孩子们就在这儿玩耍、喊叫；再往里面一点，是应景的游泳者反复抬高手臂在做认真的练习，不过向左右两边一直延伸到雾蒙蒙的暑气当中的这一大堆黑压压的人群，其中的大部分跑到这儿来就是为了晒太阳的。围绕搁板团团围坐的大家庭正在准备亮绿色沙拉和深色葡萄酒的午餐。独来独往的男男女女已经在毛巾上平躺下来，身体上抹得油光瓦亮。晶体管收音机在放音乐，透过孩子们玩耍的嘈杂，时不时地能听到做父母的呼喊小孩的名字那拖长的尾音。

　　科林和玛丽在滚烫、厚重的沙滩上走了足足有两百码远,经过抽着烟阅读平装本小说的孤独的男性游客,经过正在亲热缠绵的一对对情侣,穿过爷爷奶奶和婴儿车里的初生婴儿全家出动的大家庭,四处找寻一块正好合适的地方:既要在水边,又不能离泼水玩的小孩太近;既要避开最近的收音机和带着两条精力过剩的阿尔萨斯牧羊犬的那个家庭,又不能离粉红色毛巾上抹了一身油的那一对儿太近,以免侵犯了人家的隐私,还不能靠那个水泥的垃圾箱太近,上头飞舞着厚厚一层蓝黑色的苍蝇。每一处可能的位置都至少因为有一大罪状被当场否决掉。有一处空地倒是挺合适的,可是当中又乱丢着一堆垃圾。五分钟以后他们还是回到了这里,开始把空瓶子空罐头和吃了一半的面包片收拾到那个水泥垃圾箱里,可正在这时,一个男人带着他儿子从海里跑出来,浸湿了的黑色头发滑溜溜地贴在脑后,坚持说他们本来摆在这儿的野餐根本就没开始吃呢。科林和玛丽只得继续朝前走,两人一致同意——这是他们从船上下来以后的第一次交谈——他们脑子里真正想要的,是一处尽可能接近于他们旅馆房间的那种私密的所在。

他们最终在两个十几岁的少女附近安顿下来,旁边还有一小群男人一心想通过笨拙的侧手翻和相互往眼睛里扔沙子引起那两个少女的注意。科林和玛丽并排把毛巾铺好,脱得只剩下泳衣,面朝大海坐下来。一艘船拖着个滑水的人从他们的视野中经过,连带着有几只海鸥飞过,还有个脖子上挂着个马口铁箱子的男孩子在卖冰淇淋。那帮年轻人当中有两个正在狠命地击打他们朋友的胳膊,惹得那两位少女大声地抗议。这么一来,那帮年轻人立马一屁股坐下来,呈马蹄形围住那两位少女,开始自我介绍了。科林和玛丽紧紧地握着对方的手,通过手指的动作向对方保证,他们虽然默不作声,可是却深深地关切着对方的存在。

吃早饭的时候玛丽又讲了一遍照片的事儿。讲的时候也并没经过深思熟虑,就把她认识到的事实一步步照顺序说了一下。科林自始至终都点头称是,还提到他现在想起来了,昨晚还问过她几个细节问题(盆栽的天竺葵也在照片上吗?——是的;光照的影子是朝哪一边的?——这个她不记得了),可照旧没发表什么概括性的意见。他一边点头称是一边疲惫地揉着眼睛。玛丽把手伸出来放到他的胳膊上,胳膊肘碰翻了牛奶罐。回到房间准备换衣服去海滩的时候,她把他拖到床上死命地拥抱着他。她吻遍了他的脸,把他的头抱在胸口,一遍又一遍地告诉他她多么爱他,她多么痴迷于他的身体。她把手放在他赤裸、紧凑的臀部,轻轻地捏着。他吸吮着她的乳房,把食指深深地伸进她体内。他抬起双膝,吸着、刨着,玛丽前前后后地摇晃着,不断呼喊着他名字;然后,她半哭半笑地说,"深爱一个人为什么会这么恐怖? 为什么会这么吓人?"可他们并没有赖在床上。他们相互提醒他们要去海滩的诺言,从对方的身体上撕扯开以后他们开始收拾毛巾。

科林趴着,玛丽跨坐在他屁股上往他的背上抹油。他眼睛闭着,脸斜靠在手背上,第一次跟玛丽说起罗伯特在他肚子上打了一拳的事。他详述了事情的始末,既不加修饰,也丝毫不带有个人的情感,不论是当时还是现在,复述他还想得起来的对话,描述身体的位置,讲述事情发生的确切的过程。他说的过程中,玛丽在按摩他的后背,从脊椎的下端开始向上按摩,两个拇指以聚拢的力量逐一按压着小块的坚实肌肉,一直按到脖颈后面两侧坚挺的肌腱。"疼哎,"科林说。玛丽道,"继续,把经过讲完。"他正说到他们准备走时,卡罗琳悄声对他说的话。他们身后,那几个年轻男人的低语音量越来越高,直到爆发成为全体大笑,笑声中有些紧张,不过非常和善;然后是那两个少女相互间轻柔而又飞快的话音,又一次全体大笑,这次少了些紧张,更加收敛些。从这帮男女背后,传来海浪那极有规律性的拍岸声,间隔的时间差不多完全相等,听来催人入眠,而当海浪间或飞快地连续拍击海岸,暗示出其背后蕴含着多么深不可测的复杂动作时,那声音听来就更让人昏昏欲睡了。太阳就像是响亮的音乐,放射着光辉。科林的话音已经有些含糊了,玛丽的动作也没那么迫切,更加有节奏性了。"我听到她的话了,"她在科林说完后说。

"她简直是个囚徒,"科林说,然后,更加肯定地说,"她就是个囚徒。"

"我知道,"玛丽道。她把双手并拢,松松地环住科林的脖颈,把她在阳台上跟卡罗琳的谈话讲了一遍。

"你先前为什么不告诉我?"他最后说。

玛丽犹豫了一下。"那你干吗不告诉我?"她从他身上爬下来,他们躺在各自的毛巾上再度面向大海。

经过一段拖长的沉默后,科林说,"也许他打她。"玛丽点点头。"然而……"他抓起一把沙子,慢慢流泻到他大脚趾

115

上。"……然而她又似乎挺……"他的话音含混下去。

"挺心满意足的?"玛丽尖酸地道。"大家都知道女人是多么喜欢被人殴打。"

"别他妈的这么自以为是。"科林反应的激烈让他俩都倍感吃惊。"我想说的是……她似乎,怎么说呢,因为什么而容光焕发。"

"哦是呀,"玛丽说。"因为疼痛。"

科林叹了口气,翻了个身又趴了回去。

玛丽噘起嘴唇,望着在浅水里玩耍的几个孩子。"那几张明信片,"她喃喃道。

他们又坐了有半个钟头,各自眉头微蹙,私下里都在琢磨一个很难用语言来定义的想法;他们都受制于一种感觉,觉得过去这几天不过是某种形式的寄生状态,一种不愿承认的共谋:是喋喋不休伪装之下的沉默无语。她伸手到包里,取出一根橡皮筋,把头发扎成一束马尾。然后她突然站起来,朝海水走去。当她经过那一小帮吵闹的男女时,有一两个男人冲她温和地吹了声口哨。玛丽表示质问地回过头来,可那几个男人小羊羔似的笑笑,特意把眼睛别开了,其中一位咳嗽了一声。科林仍没改变姿势,望着她站在深及脚踝的水里,周围都是帮小孩子,兴奋得大呼小叫地在追赶着海浪。玛丽似乎是在看一帮更大些的孩子,在更深一些的水里,纷纷往一个平平的、黑色拖拉机轮胎的内胎上爬,又纷纷往下掉。她继续往里面跋涉,直到跟他们平齐。那帮孩子冲着她喊话,无疑是在教她如何正确地入水,玛丽朝他们的方向点头致意。她以最快的速度回头瞄了科林一眼后,向前推水,然后偎入水中,以舒适、缓慢的动作开始了蛙泳,采用这样的泳姿她在常去的泳池里能毫不费力地游上十个来回。

科林胳膊肘撑地躺了回去,沉溺在暖意洋洋和相对的孤独中。有个男人已经弄到了一个亮红色的沙滩球,现在他们在吵吵嚷嚷地商量着该拿它来玩什么游戏项目,还有更加困难的分组问题。有个女孩加入进来,她正拿自己的手指虚张声势地戳着那个块头儿最大的男人的胸膛,以示警告。她的朋友,又瘦又高,双腿看起来有点过于瘦弱了些,站开一点,有些紧张地抚弄着一缕头发,脸上凝固成一个礼貌的、默许的露齿笑容。她正在注视着一个身材矮胖、活像个人猿的人的脸,那人看来一心想逗她开心。他一个段子讲到最后的时候,抬手在她肩上友好地打了一拳。一会儿以后他又蹿到她面前,掐了她大腿一下,跑出去几步,转头让她追他。那女孩

117

就像个新生的小牛一般,毫无方向地奔了几步,而且跟跟跄跄,窘迫得不得了。她手指插到头发里爬梳了一遍,转身朝她朋友走去。那个人猿再次跑上来逗她,这次是拍了她屁股一掌,很有技巧的飞快一击,声音出人意料地响亮。别的人,包括那个个头稍矮的女孩,全都笑了,人猿喜不自胜地表演了个失败的侧手翻。而那个瘦弱的女孩仍旧面带勇敢的微笑,退后躲开了他。他们把两把沙滩遮阳伞隔开几步远的距离插在沙子里,顶上用根绳子连起来;一场排球赛就要开始了。那个人猿在确定那个瘦弱的女孩跟他同组以后,已经把她叫到一边,跟她解说规则去了。他把球拿在手里,给她看他如何攥成拳头,然后一拳高高地把球打到空中。那女孩点点头,微微一笑。她拒绝击球,可那个人猿坚持让她试试,她等于给个面子,把球打出去几英尺高。人猿一边拍手叫好一边跑去捡球。

科林沿着水边漫步,弯下腰来细看冲上岸来的一摊泡沫。在每个细小的气泡中,光都经过折射在薄膜上形成了一道完美的彩虹。那摊泡沫就在他观察的过程中慢慢干涸了,几十道彩虹每秒钟都在消失当中,然而又没有任何两道彩虹是同时消失不见的。等他站直身子的时候,除了一圈不规则

118

的浮渣之外已经一无所剩。玛丽现在已经游出去有两百码左右的距离,她的头成为一个小黑点,衬在一片灰色的平面当中。科林手搭凉棚,为的是看得更清楚些。她已经不再往海里游了;事实上她似乎已经面朝岸边,不过很难看清她到底是朝他游过来还是在原地踩水。像是回答他的疑虑,她抬起胳膊急切地挥舞起来。可到底是她抬起了胳膊,还是在她身后涌起了海浪呢?又那么一刻,他看不到她的头了。她的头沉下去又浮起来,头上又有什么在挥舞。肯定是她的胳膊。科林猛吸了一口气,也朝她挥舞着胳膊。他已经踩到水里有好几步了,而没有察觉。她的头像是转了过去,这次没有消失,却在来回乱动。他叫着玛丽的名字,并没有大声喊出来,发出来的是一种恐慌的低语。站在齐胸深的水里,他最后看了她一眼。她的头再度消失不见,仍旧很难看清楚她到底是沉入了海浪,还是不过被海浪挡住了。

他开始朝她的方向游去。在他们家当地的游泳池里,他游的是自由泳,动作很大很漂亮,入水很深,也就从池头游到池尾,碰上天气好兴致高的时候才游个来回。距离再长他就有点游不动了,还会抱怨老这么一上一下地太乏味。如今他因为长距离地游泳真有点吃不消了,呼气的声音像是响亮的

119

叹息,仿佛在嘲弄一连串发生的悲惨的事件。游出二十五码以后,他不得不停下来喘口气。他仰躺了几秒钟,然后开始踩水。他半眯着眼睛四处寻找,可是看不见玛丽的踪影。他再次出发,这次放慢了速度,自由泳之外再跟一段侧泳,这种泳姿呼吸起来更容易一些,还可以把脸保持在现在越来越大的海浪之上,循着海浪的波谷来游,因为要想横穿着游过去实在是累人。等他再度停下来时,这才看到了玛丽。他朝她大喊,可他的声音却软弱无力,而且一次性从肺里排出这么多空气也似乎让他倍感虚弱。到了这里,只有最上层那几英寸的水是暖的;他踩水的时候,伸到底下的脚都给冻麻了。他转身继续朝前游的当口,迎面正好撞上一个海浪,吞了一大口海水下去。那个浪下来的时候挺和缓的,可他仍不得不背过身去喘口气。哦上帝啊,他说,或者他想道,一遍又一遍,哦上帝啊! 他再度动身,游了几下自由泳就又不得不停下来;他两条胳膊感觉像是灌了铅,怎么也抬不出水面。他如今只得全部采用侧泳,慢慢划过水面,简直感觉不到在前进。等他再次停下来,喘得上气不接下气,伸长了脖子越过浪头四处观瞧的时候,发现玛丽就在十码以外的地方踩着水。他看不清她脸上的表情。她在朝他喊叫,可是海水拍击

120

着他的耳朵,他听不清。这最后几码的距离花了他很长时间才游到;科林的泳姿已经退化成为侧着身子的乱刨,等他终于攒足了力气抬眼观瞧的时候,玛丽看起来好像离他更远了。他终于扑腾到了她身边。他伸手抓住她的肩膀,她在他的压力之下沉了下去。"玛丽!"他大叫,又吞了一口水。

玛丽再度出现,用手指捏住鼻子擤了擤。她的眼睛又红又小。"多漂亮啊!"她叫道。科林上气不接下气,又伸手去抓她的肩膀。"当心,"她说。"仰泳,要不然你会把咱俩都给淹死的。"他努力想说话,可嘴巴一张水就涌了进去。"经过那些弯弯肠子的小破巷子以后,来到这里真是太棒了,"玛丽道。

科林仰面朝天,手脚摊开得活像个海星。他把眼睛闭上了。"是的,"他最后艰难地说。"太棒了。"

他们回到沙滩上的时候,沙滩上已经没刚才那么拥挤了,不过那场沙滩排球赛才刚刚结束。那个高个儿女孩一个人走开了,低着头。另外的队员望着她离开,这时那个人猿蹦蹦跳跳地追了上去,在她面前后退着走路,两条胳膊夸张地、求肯地画着圆圈。玛丽和科林把随身的东西都拖到一把

121

被人遗弃的遮阳伞下,睡了半个钟头。醒来的时候沙滩上更空了。玩排球的和球网都不见了,只有那些个大家庭还跟他们的野餐留在原地,围着堆满垃圾的桌子打瞌睡或是低声交谈。在科林的建议下,他们俩穿好衣服朝那条繁忙的大街走去,去找吃的和喝的。他们头一次发现,在步行不到一刻钟的地方就有一家适合他们的餐馆。他们在餐馆的露台上就座,整个露台都在一株饱经风霜、遍体瘤节的紫藤的浓荫掩映之下,紫藤的枝干虬结蜿蜒,百折千回,铺遍了整个院落上面扎的藤架。他们的桌子相当隐蔽,铺了两层浆硬的粉色桌布;餐具沉重而又华丽,擦拭得锃亮;桌子中间有一枝红色的康乃馨,插在一个极小的淡蓝色陶器花瓶里。伺候他们的两个侍应生既友好又保持令人感觉愉快的淡漠,菜单上的菜式不多,表示每道菜都是以全副心思准备的精品。结果菜式并不见得有多么出色,不过葡萄酒很冰爽宜人,他们俩喝了有一瓶半。两人席间的谈话彬彬有礼又轻松随意,就像是老朋友间的闲聊,倒不像情人间的絮语。两人都避免提到他们自己或者是这次假期。他们谈的反倒是共同的朋友,猜度他们怎么样了,为回家以后的安排草拟些计划,谈到可能会晒伤,讨论蛙泳和自由泳各自的优点所在。科林不断地打呵欠。

一直到他们走出餐馆,忐忑不安地走在夜幕中,身后是那两个侍应生站在露台的台阶上目送他们远去,前头是那条笔直的林荫道,从沙滩和大海通往码头区和潟湖,科林才用手指扣住玛丽的手指——手拉手的话太热了——又提到了那张照片。罗伯特难道一直带着架相机跟踪他们?眼下他还跟在他们后面吗?玛丽耸了耸肩,回头瞥了一眼。科林也回头看了看。到处都是相机,挂在游客的脖子上,就像水缸里的鱼衬在身体和衣服的水生背景当中。可罗伯特并不在这儿。"也许,"玛丽说,"他觉得你有张标致的面孔。"

科林耸了耸肩,把手撤回来,摸了摸自己的肩膀。"我有点晒过了,"他解释道。

他们朝码头区走去。人群现在正大批离开餐馆和酒吧,重新回到沙滩。科林和玛丽为了赶时间不得不离开人行道,走在路面上。他们到达码头的时候,只有一条船在那儿,而且就要开船了。它比通常横渡潟湖的船要小,船的驾驶舱和通风井漆成了黑色,正好是个打扁了的大礼帽的形状,使那条船看上去活像个衣冠不整的殡葬员。科林已经朝它走去了,玛丽则有心研究了一下售票处旁边的时刻表。

"它要先绕到岛的另一边,"她赶上他以后说,"然后抄近路再沿着海湾绕到我们那边。"

他们刚上船，船老大就走进驾驶舱，发动机的声音突突地响起来。他手下的船员——通常都是个留小胡子的年轻人——解开铁栅栏然后又砰的一声把它给关上了。船上头一遭只有很少的几个乘客，科林和玛丽分开几步分别站在驾驶舱的两边，顺着船头的一线望去，迤逦越过远处那些著名的尖顶和圆顶，经过那个巨大的钟塔，直望到那个公墓岛，从这里望去，那个岛不过是个悬浮在地平线上的模糊的污点。

现在航程已经确定，引擎已经稳定成一种惬意的、有节奏的声响，就在两个相差不到半个音的音符间摆动。在整个航程当中——有三十五分钟左右——他们俩都没开口说话，甚至没朝对方看一眼。他们在相邻的两条凳子上落座，继续注视着前方。他们俩中间是那个无精打采站在驾驶舱门口的船员，舱门半开着，他偶尔跟船老大交换几句意见。玛丽把下巴靠在一边的胳膊肘上。科林时不时地把眼睛闭上。

当船慢慢靠拢医院旁边的小码头时，他来到玛丽这边，观看等着上船的乘客，有一小帮人，大多数都上了年纪，虽然天气炎热，仍旧尽可能近地靠在一起，以不相互接触为原则。玛丽也站了起来，朝下一个码头望去，就在波澜不兴的水面

124

四分之一英里开外的地方,历历在望。那帮上了年纪的乘客相帮着上了船,船老大和船员快速对喊了几声,然后船就继续向前开,走的线路跟他们五天前一早走过的人行道平行。

科林贴身站在玛丽身后,在她耳朵边说,"也许我们应该在下一站下船,步行穿过去。这比绕着海湾转一圈还快些。"

玛丽耸了耸肩说,"也许吧。"并没有回头看他。不过当船慢慢驶进下一站的码头,船员已经开始把缆索往系泊柱上缠绕时,她飞快地转身,轻轻在他唇上亲了一下。铁栏杆抬了起来,有一两个乘客上了岸。这时出现了片刻的停顿,他们周围的每一个人都像是在行动当中定格下来,就像是小孩子在学祖母走路的步态。船老大已经把前臂搭在了方向盘上,正看着他的船员。船员已经拾起拖拉在船上的缆索绳头,正要把缆索从系泊柱上解下来。刚上船的乘客已经找到了座位,不过习惯性的闲谈尚未开始。科林和玛丽走了三步,从油漆剥落的甲板跨到栈桥那吱嘎作响的黑色板条上。接着,船老大马上就尖声朝船员喊了一嗓子,船员点了点头,把缆索全部都解了下来。从船里,从不通风的舱内部分传来突兀的笑声,还有几个人也立刻开口说话。科林和玛丽一路无语,慢慢地沿码头走去。他们偶尔朝左边一瞥所看到的景

125

致被树木房屋和院墙特别的排列组合给遮蔽了,不过有个缺口是注定要出现的。终于,他们俩一起停下了脚步,透过一个高大的变电站的一角和一棵高大的悬铃木的两个枝杈中间,望着一个缀满鲜花的熟悉的阳台,一个浑身穿白的矮小的人影先是凝神观望,然后开始朝他们挥手。透过离岸的船只轻柔搏动的引擎声,他们听到卡罗琳在向他们发出召唤。仍旧小心地避开对方的眼睛,他们朝左边的一条过道走去,穿过过道就可以登堂入室了。他们并没有手牵着手。

九

　　朝楼梯井上一瞥,但见一个人头的侧影,说明是罗伯特
在顶上的楼梯平台上等他们。他们上楼时没有说话,科林领
先玛丽一两步。他们听到顶上罗伯特清了清嗓子开始说话。
卡罗琳也等在那儿。当他们踏上最后一段楼梯的时候,科林
慢下了脚步,手在身后摸索着玛丽的手,可罗伯特已经下来
迎接他们,面带表示欢迎的顺从的微笑,明显不同于他惯常
那种喧闹的做派,胳膊自然而然就环住了科林的肩膀,像是
帮扶他走完最后那几蹬楼梯,这么一来也就等于明显地把后
背转向了玛丽。前面的卡罗琳笨拙地倚靠在公寓的门口,身
穿一件白色带方形大号口袋的裙装,脸上漾起安心满意的水
平的笑纹。他们的欢迎辞亲密而又有些拘谨,彬彬有礼;科
林朝卡罗琳走去,卡罗琳把脸颊凑上去,同时又轻轻地握了
握他的手。罗伯特穿了件黑色的西装,里面是背心和白色衬

衣,但没打领带,脚上是黑色的带很高的渐细鞋跟的靴子,自始至终都把手搭在科林的肩膀上,只在终于转向玛丽的时候才放了手,他朝玛丽以最轻微的方式鞠了个带点反讽意味的躬,握住她的手,一直到她把手抽回。玛丽绕过罗伯特,跟卡罗琳互吻了一下——也只在脸颊上轻轻一碰。现在四个人都紧紧地挤在门边,可是都没有要进屋的意思。

"渡船把我们从海滩绕道带到了这边,"玛丽解释道,"所以我们就想最好过来打个招呼。"

"我们一直期望你们能早来呢,"罗伯特道。他把手放在玛丽的胳膊上,跟她讲话的神态就仿佛只有他们两个人。"科林跟我妻子保证过,不过看来已经忘得一干二净了。今天早上我还特意在你们旅馆留了张条子。"

卡罗琳也只跟玛丽说话。"你看,我们也要出门去了,我们真是不想错过跟你们见面的机会。"

"为什么?"科林突然道。

罗伯特和卡罗琳微微一笑,玛丽为了掩饰科林这一小小的失礼,礼貌地问道,"你们要去哪儿啊?"

卡罗琳看了罗伯特一眼,罗伯特则从这个小圈子里后退一步,把手支在墙上。"哦,一次漫长的旅行。卡罗琳有很多

128

年都没见过她父母了。不过这事待会儿再说不迟。"他从口袋里取出一块手帕,轻轻在额角擦了擦。"首先是我那个酒吧里还有点小事得先了掉。"他对卡罗琳说。"带玛丽进屋,请她喝点什么,科林先跟我去一趟。"卡罗琳退后几步进到公寓里,作势要玛丽跟她进去。

玛丽伸手把沙滩包从科林手里接过去,正要对他说句什么的时候罗伯特横插了进来。"进去吧,"他说。"我们不会耽搁很久的。"

科林也正要跟玛丽说句话,于是伸长了脖子想越过罗伯特跟她交换个眼神,可是房门就快关上了,罗伯特温柔地拉着他朝楼梯走去。

男人在大街上手拉着手或者臂挽着臂一起走是本地的习俗;罗伯特紧紧地握住科林的手,手指交叉而且一直用力扣紧,这么一来要想把手抽回去就得明显地特意挣脱,很可能显得无礼而且肯定偏离常规。他们这次走的是条不熟悉的路线,经过的几条街道相对而言很少有游客和纪念品商店,这个区域像是连女人也被排除在外了,因为所到之处,不论是经常见到的酒吧和街头咖啡馆,是重要的街角或是运河

129

桥,还是他们经过的几家弹子球游戏厅,放眼所见全都是各个年龄段的男人,大部分都只穿着衬衫,三五成群地闲谈,大腿上搭着报纸打瞌睡的独行侠也随处可见。小男孩则站在外围地段,两条胳膊也学他们父兄的样儿大模大样地抱在一起。

每个人都像是认识罗伯特,他仿佛故意选择了一条能碰到尽可能多熟人的路线,领着科林穿过一条运河就为了在一个酒吧外面跟别人说几句话,再倒回去来到一个小广场上,有一帮年长的男人围着一个废弃了的饮水机站着,碗里面堆满了揉皱了的香烟壳儿。科林听不明白他们说话的意思,不过他自己的名字像是反复被提到。在一家弹子球游戏厅门外,当他们转身要离开一帮闹闹哄哄的人群时,有个男人使劲在他屁股上掐了一把,他生气地转过头去。可罗伯特却拉着他继续朝前走,响亮的欢笑声一直跟随他们转过这条街道。

罗伯特的新经理是个肩宽背阔的男人,小臂上刺着文身,他们进去的时候他站起来迎候,除此之外酒吧里一切照旧;自动唱机发射出同样的蓝光,现在沉默着,那一排黑色凳腿的吧台高脚凳上头罩着红色塑料,还有人工照明的地下室房间那种不受外面昼夜更替影响的、一成不变的静态特质。时间还不到四点,酒吧里至多只有五六个顾客,全都站在吧台前。酒吧里新添的,或者不如说更显眼的,是桌子之间那些四处漫游的巨大的黑色苍蝇,活像是掠食性鱼类。科林跟经理握了握手,要了瓶矿泉水,在他们先前坐过的那张桌子边坐了下来。

罗伯特道了个失陪后就走到吧台后面,跟那位经理一起查验柜台上摊开的某些文件票据。两个人像是在签一份协议。一个侍者在科林面前放下一瓶冰镇矿泉水、一个玻璃杯和一碗开心果。看到罗伯特从文件上直起腰来,朝他这个方向观看,科林举起玻璃杯表示感谢,可是罗伯特虽然继续盯视着这边,表情却没有任何变化,倒是针对自己的某些想法缓缓点头称是,然后再次把目光转向面前的文件。吧台边那不多的几个酒客也都一个接一个地转头瞄着科林,然后再次回到他们的酒水和静静的闲谈当中。科林呷着矿泉水,剥开果壳吃了几颗开心果,然后把手抄在口袋里,把椅子翘得后仰,只两条腿着地。又有个顾客扭过头来看他,回头跟他的邻座嘀咕了一声,那位邻座又转过身来想跟他对个眼风的时候,科林站起身来,径直朝那台自动唱机走去。

他抱着胳膊站在那儿盯着那些不熟悉的乐队名字和不可解的歌曲标题,仿佛在犹豫着不知如何选择。吧台边喝酒的那几位现在带着毫不掩饰的好奇望着他。他往唱机里投进一枚硬币;亮了的信号灯剧烈地变动起来,有一盏矩形的红灯跳动着,催促他做出选择。他身后吧台旁边有个人大声讲出一个短语,显然就是一首歌的歌名。科林搜寻着那几栏打字机打印的检索标签,扫过一遍后马上又返回一张唱片的名字,只有这个名字是有意义的——“哈哈哈”——就在他按下那个数字,那个巨大的设备在他手指底下震动起来的时候,他已经知道了这就是上次他们听到过的那首雄浑而又感伤的歌曲。科林回他座位的时候,罗伯特的经理抬起头来微微一笑。顾客们嚷嚷着要求把声音再调高一些,当第一组震耳欲聋的合唱响彻整个酒吧的时候,有个人又新叫了一轮酒,而且合着那严格的、几乎是军乐般的节奏拍打着柜台打拍子。

罗伯特回来在科林身边坐下,当唱片放到高潮桥段的时候他正忙着研究他的文件。唱机咔嗒一声停下来后,他开心地微微一笑,指了指空了的矿泉水瓶子。科林摇了摇头。罗伯特敬了他一根香烟,因为科林的断然拒绝皱了皱眉,自己点了一根道,"你知道我们一路过来我跟大家都说些什么吗?"科林摇了摇头。"只字不懂?"

"不懂。"

罗伯特满心欢喜地又笑了笑。"我们碰到的每一个人,我都告诉他们你是我的情人,卡罗琳嫉妒得要命,告诉他们我们要到这儿来喝一杯,把她给抛到九霄云外。"

科林正在把 T 恤往牛仔裤里塞。他用手指梳理了一下头发,抬头望着他,眨巴着眼睛。"为什么?"

罗伯特哈哈一笑,惟妙惟肖地模仿着科林认真的踌躇表情。"为什么? 为什么?"然后他俯下身来,触摸着科林的前臂。"我们知道你们会回来的。我们一直在等着你们,做着准备。我们还以为你们早几天就会来呢。"

"做着准备?"科林道,把胳膊抽了回去。罗伯特把文件折起来塞在口袋,面带所有权归他所有的那种亲切盯着科林。

科林开口要说什么,又犹豫了一下,然后很快地说,"你为什么要拍我那张照片?"

罗伯特再次满面笑容。他往后一靠,一条胳膊搭在椅背上,自鸣得意得容光焕发。"我原以为没有给她足够的时间。

玛丽的反应还真够快的。"

"到底什么意思?"科林坚持问道,不过有个新来的顾客已经又去自动唱机那儿点了歌,"哈哈哈"的歌声再度响起,音量比刚才还大。科林抱起胳膊,罗伯特站起身来跟经过他们桌边的一帮朋友打招呼。

回家走的是一条比较僻静的街道,一路下坡,部分路段就经过海边,科林再度逼问罗伯特照片的事儿,还有他所谓的做准备到底什么意思,谁知罗伯特嘻嘻哈哈地顾左右而言他,指着一家理发店说他祖父、他父亲,还有他本人都是到这儿来理发的,又满怀热情、喋喋不休地解释——也许是故作姿态——来自城市的污染如何影响到渔民们的生计,迫使他们只能去做侍应生。科林略微有些恼了,突然停住不走了,罗伯特虽说放慢了精力十足的步幅,而且惊讶地转过身来,却仍旧继续向前溜达,仿佛如果他也跟着停步的话会有辱尊严似的。

科林距离上次跟玛丽坐在包装箱上看日出的地点不远了。眼下正值向晚时分,太阳虽说还挺高的,东边的天空却已然失却了生动的紫红,正逐级地从粉蓝减淡为掺了水的牛乳色,沿地平线一线,与浅灰色的大海形成最微妙的交互作用。那片岛上的墓园,它那低矮的石头围墙,那层层叠叠的明亮的墓碑,被其身后的太阳清清楚楚地映照出来。不过到目前为止,东边的天空中尚未有入夜的迹象。科林从左边的肩膀扭头沿码头一线扫视过去。罗伯特离开他有五十码的距离,正不慌不忙地朝他走来。科林转身望着背后。一条逼仄的商业街,并不比一条窄巷宽多少,劈开一片饱经风霜的房屋。它从店铺的遮阳篷和狭小的锻铁阳台上万国旗般的晾晒衣物底下蜿蜒穿行,诱人地消失于暗影之中。它邀约你去探险,但要你单人独往,既不能求助于同伴,也不能携带跟班。现在就踏上探险的征程,仿佛你像沙鸥般自由,从无端玩弄心理疾患的辛苦状态中解放出来,重新找回闲情逸致,打开心灵去关注去感受,去往这样一个世界,让它那令人屏息凝神、叹为观止的万千细流如水银泻地般不断冲击你的感受,而对此我们已经何等轻易地习焉不察了,已经将其淹没在个体责任、效率以及公民的权利义务等等未经检视的观念的喧嚣当中,现在就踏上探险的征程,悄悄地走开,融入那片暗影,就这么简单。

罗伯特轻轻清了清嗓子。他就站在科林左边,一两步开外。科林再次转身望着大海,轻轻地、友善地说,"一个假期的成功之处就在于它使你想回家了。"整整一分钟后罗伯特才开口,而当他开口说话时,语气中已经带上了一丝惋惜。"我们该走了,"他道。

玛丽踏进陈列室,卡罗琳在她身后把门紧紧关上后,那个房间看起来像是扩大了一倍。事实上,所有的家具,还有所有的绘画、地毯、枝形吊灯以及墙上所有的挂饰统统消失不见了。那张巨大、光亮的餐桌原来站立的位置如今是三个箱子顶着块胶合板,上面散放着午餐的残余。这张暂时凑合的桌子旁边有四把椅子。地板就是一大块平整的大理石,玛丽朝房间里面走了几步,她的凉鞋噗哒噗哒直响。唯一保持不变的是罗伯特的餐具柜,他的神龛。玛丽背后,一进门的地方放着两个手提箱。阳台上倒是仍旧摆满了植物,不过那里的家具也都不见了。

卡罗琳仍站在门口,用双手的手掌抚平身上的裙子。"我平常穿得可不像个病房看护,"她说,"不过有这么多东西要归置,穿白的让我觉得更有效率。"

玛丽微微一笑。"我穿什么颜色都没效率。"

脱离了当时的背景,你都很难认出卡罗琳来了。她头发本来一丝不苟地全都紧紧束在脑后的,现在略微有些歪斜;松散的发丝使她的脸柔和下来,几天没见已经不再显得毫无个性了。她的双唇原本削薄而且毫无血色的,相形之下显得格外丰满,几乎都带些肉感了。她那长长的直线条的鼻子,原本像是只是为了解决一个设计问题而勉强应一下景的,如今竟然显得高贵而尊严。原本放射出强烈、疯狂光芒的眼睛如今也显得更加和蔼可亲、更富于同情心了。只有她的皮肤仍旧是老样子,没有颜色,也并不苍白,只是一种单调的灰。

"你看起来真不错,"玛丽道。

卡罗琳朝她走过来,仍旧是那种痛苦、笨拙的步态,把玛丽的手握在手里。"真高兴你们来了,"她说,急迫地想表示出殷勤好客,说到"高兴"和"来了"时紧紧地捏了一下。"我们就知道科林会信守诺言的。"

她想把手抽回来,可玛丽仍握住不放。"我们算不上是特意来的,不过也不全是一时的心血来潮。我一直就想跟你谈谈。"卡罗琳脸上的微笑仍旧勉强挂着,不过她的手在玛丽的手里却沉重起来,玛丽仍不肯撒手。她在玛丽说话时点着头,将她的视线引向了地板。"我一直都对你充满好奇。有些事情我想问问你。"

"啊,好呀,"卡罗琳沉吟了片刻后才说,"咱们到厨房去吧。我沏点花草茶。"她终于把手抽了出来,是果断地硬抽出来的,然后,又重新恢复了热心的女主人殷勤好客的态度,在利落地转过身去一瘸一拐地走开之前冲着玛丽嫣然一笑。

厨房跟公寓的大门位于陈列室的同一侧。厨房很小,但一尘不染,有很多碗橱和抽屉,表面都覆了层白色塑料。照明用的是荧光灯,没有食物的踪迹。卡罗琳从洗碗池底下的橱子里取出一个钢管凳子,递给玛丽请她坐。灶具搁在一张破旧的小牌桌上,是那种活动房屋里经常使用的类型,有两个灶口,没有烤箱,有条橡皮软管接到地板上的煤气瓶里。卡罗琳坐上把水壶烧水,然后伸手到一个碗橱里去拿茶壶,动作非常艰难可又断然拒绝了帮助。她一动不动地站了一会儿,一只手搭在冰箱上,另一只手撑在臀上,显然是在等着一阵疼痛过去。紧挨在她背后的是另一扇门,开了道缝,透过门缝玛丽可以看到床的一角。

等卡罗琳缓过劲儿来,从一个罐子里往茶壶里舀小小的干花时,玛丽轻声问,"你的脊背到底怎么了?"

又是那种现成的微笑一闪而过,也就是露一下牙齿,下颌迅速往前一拉,是那种冲着镜子摆出来的笑容,在这样一个狭窄、明亮的空间当中显得完全像个局外人。"这个样子已经有很长时间了,"她说,然后就忙着摆放杯碟。她开始跟玛丽说起她的旅行计划;她跟罗伯特打算飞到加拿大,跟她父母一起住上三个月。他们回来后打算另买幢房子,或者一个底层的公寓,不需要爬楼梯的地方。她已经把茶倒在了两个杯子里,正在切柠檬片。

玛丽附和说这次旅行听起来让人兴奋,他们的计划也很明智。"可你身体的疼痛呢?"她道。"是你的脊椎,还是髋部? 有没有看过医生?"卡罗琳这时已经背朝着玛丽,正往茶里放柠檬片。听到茶匙的叮当声玛丽加了一句,"别给我加糖。"

卡罗琳转过身来,把茶杯递给她。"只不过搅了搅柠檬,"她说,"让它的味道进去。"她们端着茶杯走出厨房。"我会告诉你我后背的问题,"卡罗琳领路朝阳台走去的时候说,"你得先告诉我你觉得这茶怎么样。是橙花。"

玛丽把茶杯放在阳台的矮墙上,去室内拿了两把椅子过来。她们又像先前那样坐下来,面朝着大海和附近的小岛,不过没上次舒服,两人中间也少了张桌子。因为这次坐的椅子高了些,玛丽就能看到她跟科林看到卡罗琳时站立的那部分码头;卡罗琳像是敬酒般举起了茶杯。玛丽喝了一口,尽管酸得她撮起了嘴唇,她还是说这茶相当提神。她们俩默默地喝着茶,玛丽坚定而又期待地望着卡罗琳,卡罗琳则偶尔从膝上抬起眼睛,紧张地冲玛丽微微一笑。当两杯茶都喝光了的时候,卡罗琳突然间开始了讲述。

"罗伯特说他跟你们说起过他的童年。他其实夸张了好多,把他的过去变成了适合在酒吧间讲的故事,不过再怎么说他的童年也够怪异的。我的童年则既幸福又无趣。我是独生女,我父亲为人非常温厚,对我溺爱有加,他说什么我都会照做。我跟我母亲很亲密,简直就像是一对姐妹,我们俩都尽心竭力要照顾好爸爸,'做好大使的贤内助'是我母亲的座右铭。我嫁给罗伯特的时候才二十岁,对性爱是一无所知。直到那时,就我的记忆而言,我连任何性方面的感受都没有过。罗伯特已经有了些经验,所以经过一个糟糕的开端以后,性意识也开始在我身上觉醒了。一切都很好。我努力想怀上孩子。罗伯特一心想成为一个父亲,一心想生几个儿子,可是一无所获。有很长时间,医生都认为是我的问题,可

140

最后才发现是罗伯特,他的精子出了什么问题。对此他非常
敏感。医生们说我们应该继续尝试。不过到了那时,有些事
就开始发生了。你是我倾心相告的头一个人。我现在都不
记得头一次是怎么发生的,或者我们当时对此是怎么想的
了。我们肯定讨论过,不过也可能提都没提。我不记得了。
罗伯特在我们做爱的时候开始伤害我。并不是很厉害,不过
也够让我大哭小叫的。我想我也曾努力想制止他。有天晚
上,我跟他真生了气,可他还是继续这么干,而我也不得不承
认,虽说花了很长时间才承认,我喜欢这样。你也许觉得很
难理解。并不是疼痛本身,而是疼痛的事实,是在它面前完
全无助,被它碾压成齑粉的事实。是在一种特定情境下的疼
痛,是被惩罚因而自觉有罪。我们俩都喜欢这种正在发生的
情况。我为自己感到羞愧难当,而在我明确意识到这一点之
前,我的羞愧也已成为快感的又一个源泉。那感觉就好像我
正在发现某种我与生俱来的东西一样。我不知餍足,想要的
越来越多。我需要它。罗伯特开始真正地伤害到我了。他
用的是皮鞭。他在跟我做爱时就是用拳头。我害怕了,可恐
怖与快感又是一体之两面。他对着我的耳朵诉说的不是甜
言蜜语,他低声咆哮的是纯粹的痛恨,尽管我厌恶这种羞辱,

141

我却又同时兴奋到昏死过去的程度。我不怀疑罗伯特对我的仇恨。那不是演戏。他是出于深深的嫌恶才跟我做爱的，而我又无法抗拒。我爱死了被他惩罚。

"我们就这样继续了一段时间。我全身遍布青紫、伤口和鞭痕。我断了三根肋骨。罗伯特打飞了我一颗牙齿。我有根手指也断了。我不敢去看望父母,罗伯特的祖父一死我们就搬到这里来了。对于罗伯特的朋友而言,我不过是又一个遭到殴打的妻子,这话也没错。没有人大惊小怪。这还让罗伯特在常去喝酒的几个地方挺有面子的。我一旦独处一段时间,或者从家里出去跟普通人做些普通的事以后,我们行事的疯狂,还有我竟然予以默许的事实,就会让我毛骨悚然。我不断地告诉自己我必须得退步抽身。可是一旦我们重新待在一起,那些疯狂的事情就再度变成不可避免、甚至合乎逻辑的了。我们俩谁都无法抗拒这个。而且最先开始启动的经常是我,这事做起来从来都不难。罗伯特一直都渴望着把我的身体打成肉酱。我们已经到达了我们一直以来就奔向的终点。有天夜里罗伯特坦白说,他真正想做的只剩下唯一的一件事了。他想杀了我,在我们做爱的过程当中。他说这话绝对是认真的。我记得第二天我们特意去了家餐馆用餐,想把这事儿一笑置之。可这个主意还是不断地兜回来。就因为有这么种可能性悬在我们头顶,我们做起爱来再也不像是从前了。

"有天夜里,罗伯特喝了一晚上酒之后回到家里,我刚刚才入睡。他上得床来,从背后抱住我。他低声说他要杀了我,不过他此前也这么说过好多次了。他用前臂搂住我的脖子,然后开始在我后腰的位置向前猛推。与此同时又把我的头向后猛拉。我疼得昏厥过去,不过我在昏过去之前我记得自己还在想:事情真的要发生了。现在我不能食言了。当然,我想被他毁灭。

"我的背断了,在医院里住了几个月。我是再也不能正常地走路了,部分也是因为手术做得不成功,虽说其他的医生都说手术成功极了。他们都是互相掩护的。我不能弯腰,我两条腿和髋关节都有痛感。下楼对我来说非常困难,上楼则是根本不可能。具有讽刺意味的是,我唯一舒服的姿势倒是平躺着。到我出院的时候,罗伯特已经用他祖父的钱买下了那家酒吧,生意相当成功。这个星期他就要把酒吧卖给那个经理了。我出院的时候,打定主意我们得明智点了。我们为发生的事情震惊不已。罗伯特把全副精力都投到酒吧里,

143

我则待在家里每天进行好几个钟头的理疗。不过当然了，我们都无法忘记我们经历的一切，也不能停止对它的渴念。我们毕竟是一丘之貉，这个念头，我指的是死亡，决不会因为我们认为必须把它抛弃它就会自动离开。我们不再谈论它，它是不可能谈论的，可是它从方方面面以不同的方式显露出来。当理疗师说我恢复得差不多了，我就自己出去了一次，只不过在街上走走，重新做回普通人罢了。等我回家的时候我才发现我根本上不了楼梯。我只要把重量放在一条腿上，一用力就会剧痛难当，就像遭到了电击。我只能在院子里等着罗伯特回来。他回来以后，对我说我未经他同意就擅自离开家完全是我的错。他对我说话的口气就像我是个小孩子。他不肯帮我上楼，也不让任何一位邻居靠近我。你会觉得这简直难以置信，可我真的整夜都待在外头。我坐在门口努力想睡一会儿，整夜我觉得都能听到人们在各自的床上打着鼾。早上罗伯特把我抱上楼去，自打我出院以来我们头一次做了爱。

"我成了个事实上的囚犯。我任何时候都能离开家，可永远没把握是不是还能回得来，最终我放弃了。罗伯特付钱给一位邻居帮我做所有采购的杂事，我已经有四年时间几乎足不出户了。我就这么照看着这些传家宝,罗伯特的小型博物馆。他对他父亲和祖父一直念念不忘。我还在这儿布置了这个小花园。我一个人消磨了很多的时间。情况也没多么糟。"卡罗琳停下话头,目光锐利地看着玛丽。"你能理解我所说的这一切吗?"玛丽点点头,卡罗琳缓和了下来。"很好。你能真切地明白我说的这一切对我而言非常重要。"她伸手摸弄着阳台矮墙上一棵盆栽植物那巨大、光泽的叶子。她把一片枯叶拽下来,由它掉到楼下的院子里。"既然,"她又开口道,可是并没有把话说完。

太阳已经隐没在她们身后的屋顶后头。玛丽打了个寒战,强压下一个呵欠。"我没有让你觉得厌烦,"卡罗琳说。更像是陈述事实,而非询问。

玛丽说她并没有觉得厌烦,解释说是长距离的游泳、在太阳底下的小憩和餐馆里的饱食让她觉得昏昏欲睡。然后,因为卡罗琳仍旧专注地、若有所盼地望着她,她就又加了一句,"现在呢? 回趟家能有助于你更加独立些吗?"

卡罗琳摇了摇头。"这话等罗伯特和科林回来以后再说。"她又开始问了玛丽一连串有关科林的问题,有些之前已经问过了。玛丽的一双儿女喜欢他吗? 他对他们又是否有特殊的兴趣？科林认识她前夫吗？玛丽每次给出简短、礼貌的回答后卡罗琳都点点头，像是在逐项核对一份清单上的各个项目。

当她颇为出人意料地问起她跟科林是否也做过"奇怪的事儿"时，玛丽好脾气地冲她微微一笑。"抱歉。我们都是非常普通的人。这个还请你万勿怀疑。"卡罗琳沉默下来，目光紧盯着地面。玛丽俯身碰了碰她的手。"我不是有意冒犯。我跟你还没熟到那个份儿上。你有话要说，于是你就说了，这很好。我并没有强迫你。"玛丽的手在卡罗琳的手上放了几秒钟，轻轻地捏弄着。

卡罗琳闭上了眼睛。然后她抓住玛丽的手，尽她所能迅速地站起来。"我想给你看点东西，"她费力地站起来的时候说。

玛丽也随之站了起来，部分是为了帮她站直。"是科林站在那边吗？"她说，指着码头上一个孤独的身影，越过一棵树的树冠刚刚能看到。

卡罗琳看了一眼，耸了耸肩。"我得戴上眼镜才能看得那么远。"她已经朝房门转过身去，仍旧握着玛丽的手。

她们穿过厨房走进主卧，因为关着百叶窗，房间里半明

146

半暗。尽管卡罗琳讲了那么多发生在这里的奇闻,这也不过是个光秃秃的普通房间,没什么出奇。跟陈列室对过的那间客房一样,有一扇装有百叶窗的门通向一个瓷砖贴面的浴室。床非常大,没有床头板也没有枕头,蒙着淡绿色的床单,摸起来很平滑。

玛丽在床边坐下来。"我腿疼,"她说,更多的是自言自语,而非对正在打开百叶窗的卡罗琳说的。房间里浴满向晚的日光,玛丽突然意识到,跟窗户毗邻的那面墙,也就是她背后跟床面平行的那面墙上有一块很宽的蒙着台面呢的木板,上面贴满无数照片,相互叠加,活像一幅拼贴画,大部分是黑白的,还有几张宝丽来的彩色快照,拍的全都是科林。玛丽顺着床面移动,以便看得更清楚些,卡罗琳走过来,挨着她坐下。

"他可真漂亮,"她柔声道。"罗伯特偶然在你们第一天到的时候看到了你们俩。"她指着一张科林站在一个手提箱旁边的照片,他手里拿着份地图。他正扭头跟某个人说话,也许就是玛丽,在照片以外了。"我们俩都觉得他真是漂亮。"卡罗琳伸出胳膊搂住玛丽的肩膀。"罗伯特那天拍了很多照片,不过这是我看到的第一张。我真是永志不忘。刚从

147

地图上抬起眼睛。罗伯特回家来的时候兴奋莫名。后来,他又把更多照片带回家的时候,"——卡罗琳指着这整块面板——"我们重新又越来越亲近了。把它们挂在这儿是我的主意,这样我们只要一抬头就能尽收眼底。我们会在这里一直躺到早上,商量着各种计划。你怎么都不会相信我们都编制了多少的计划。"

卡罗琳说话的过程中,玛丽摸弄着双腿,有时按摩,有时是抓挠,同时研究着上周的这幅拼贴画。有部分照片她一看之下就能想起当时的情形。有几张拍的是阳台上的科林,比那张大颗粒的放大照片都要清楚。有几张科林走进旅馆的照片,还有一张是他独自一人坐在咖啡馆的浮码头上,有一张是科林站在人群中,脚边有几只鸽子,背景中有那个巨大的钟塔。有一张拍的是他全身赤裸躺在床上。另外的一些就不太容易想清楚了。有一张是晚上拍的,光线很暗,拍的是科林和玛丽正穿过一个渺无人迹的广场。在前景里还有一条狗。在有些照片中科林是一个人独处,而在很多别的照片中,经过放大裁切后只剩下玛丽的一只手或一个胳膊肘,要么就是剩下一小块毫无意义的脸。所有的照片放在一起,好像把科林每一种惯常的表情统统都凝固下来,他那有些困惑的蹙额,缩起来准备说话的嘴唇,充满柔情蜜意的眼睛。
每张照片都捕捉到,而且像是特意在炫示,科林那张脆弱的
脸上的一个不同的侧面——眉尖连在一起的眉毛,眼窝深陷
的眼睛,仅由牙齿的一闪分开的又长又平的嘴巴。"为什
么?"玛丽终于说。她的舌头又厚又沉,挡住了话语的去路。
"为什么?"她更加坚决地又重复了一遍,可是因为她突然间
明白了答案,这个词儿说出口的时候变成了耳语。卡罗琳更
紧地搂住玛丽,继续往下说。"后来罗伯特竟然把你们带回
了家。简直如有神助。我进了你们的房间。这事儿我从来
就没想隐瞒过你。那时我知道,梦想就要成真了。你可曾有
过这样的经历?你简直就像是走进了镜子里。"

　　玛丽的眼皮沉重地压下来。卡罗琳的声音在渐渐远去。
她硬撑着要把眼睛睁开并想站起来,可是卡罗琳的胳膊却紧
紧地箍住了她。她的眼皮再次压下来,念叨着科林的名字。
可她的舌头太沉重了,在发"林"这个音时怎么也抬不起来,
需要好几个人,好几个自己的名字不带"林"字的人帮忙才能
挪动她的舌头。卡罗琳的话里话外说的都是她,沉重、没有
意义,就像翻滚而下的石头砸木了玛丽的腿。然后就是卡罗
琳拍打她的脸,她渐渐醒过来,可是像是进入了历史上的另

一个时空。"你睡着了,"她在说,"你睡着了。你睡着了。罗伯特和科林回来了。他们正等着我们呢。现在就走。"她把她拉起来,把玛丽无助的胳膊搭在她肩膀上,扶她走出了房间。

十

　　三个窗户全部洞开,陈列室在下午的阳光照射下灿烂明
亮。罗伯特背朝窗户站着,正耐心地拆掉手里拿的香槟酒瓶
颈上的小铁丝罩子。脚底下是撕开揉皱了的包装金箔,科林
就站在他旁边,两个香槟酒杯已经备好,仍在吸入房间里洞
穴般的空旷。两个女人从卧室进来的时候,两个男人都转过
身来点头致意。玛丽已经镇定下来,迈着笨拙的碎步走进
来,一只手搭在卡罗琳的肩上。

　　两个女人,一个痛苦地一瘸一拐,另一个梦游般脚步拖
沓,朝那张临时凑合的桌子走去时都艰难而又缓慢,科林朝
她们俩走了几步,叫道,"你怎么了,玛丽?"此时软木塞砰的
一声,罗伯特尖声叫着要酒杯。科林退回去把酒杯递过去,
同时焦虑地扭头看着玛丽。卡罗琳正把玛丽安顿在仅剩的
两把木椅子的一把上,调整了一下,让她面对两个男人坐好。

玛丽张开嘴唇,盯着科林。他正朝她走去,手里是满杯的香槟,像是电影中的慢动作。他背后明亮的日光点亮了他散乱的发丝,他的脸上,比她自己的脸都更要熟悉,写满了关心和忧虑。罗伯特把酒瓶放在他的餐具柜上,跟在科林后头穿过房间。卡罗琳笔直地站在玛丽的椅子旁边,就像个陪侍的护士。"玛丽,"科林说,"到底怎么了?"

几个人挤成了一圈。卡罗琳把手掌贴在玛丽的额头上。"有点轻微中暑,"她平静地道。"没什么好担心的。她说你们游了好长时间还在太阳底下躺着。"

玛丽的嘴唇动了动。科林握住她的手。"她身上并不热,"他说。罗伯特退到椅子后头,伸出胳膊搂住卡罗琳的肩膀。科林紧紧地握着玛丽的手,探询地望着她的脸。她的两只眼睛,向往地,或者说绝望地紧盯着他的眼睛;一颗泪珠突然涌出,滑落到她的脸颊上。科林用手指为她抹去。"你病了?"他低声道。"是中暑?"她闭了一会儿眼睛,只是把头左右摇晃了一下。一丝最微弱的声音,几乎就像是一次呼吸,从她嘴唇中逸出。科林俯身紧靠着她,把耳朵凑到她嘴边。"告诉我,"他催促道。"努努力告诉我。"她猛烈地吸了一口气,屏息了几秒钟,然后从喉咙后面发出一个断续的、艰难的"科"音。"你是在叫我的名字?"玛丽把嘴巴张得更大了,飞快地喘着气,几乎是上气不接下气。她死命地抓着科林的手。再次猛烈地吸气、屏息,再次发出那个恍惚的、艰难的"科"音。她又把音调放缓后重复了一遍。"快……快。"科林把耳朵更近地贴到她嘴唇上。罗伯特也俯身下来。又经过一番巨大的努力后,她艰难地发出"兹……兹"的音,然后耳语道,"走。"

"冷,"罗伯特说。"她觉得冷。"

卡罗琳坚决地推了推科林的肩膀。"我们不该都挤在这儿。这并不能让她觉得舒坦点儿。"

罗伯特已经去把他的白色夹克取了来,把它搭在玛丽的肩膀上。她仍旧紧紧地拉住科林的手不放,她的脸抬起来朝向他的脸,她的眼睛探询地望着他的脸,看他是否明白了她的意思。"她想走,"科林绝望地道。"她需要看医生。"他硬把手从玛丽的手里抽出来,轻轻地拍了拍她的手腕。她望着他在房间里毫无目的地徘徊。"你们的电话呢? 你们肯定有个电话的。"他的声音里有明显的恐慌。罗伯特和卡罗琳,两人仍旧紧靠在一起,跟在他后面,挡住了她的视线。她再次努力发出一个声响;可她的喉咙软绵绵的丝毫不起作用,她的舌头似有千斤的重量,压在她嘴里动弹不得。

"我们就要走了,"卡罗琳抚慰地道。"电话已经切断了。"

科林原本在中间的窗户前面打转,现在背靠罗伯特的餐具柜站住了。"那就去请个医生来。她病得厉害。"

"没必要大喊大叫,"罗伯特平静地道。他和卡罗琳朝科林进逼。玛丽可以看到他们俩如何手拉着手,他们的指头如何紧扣在一起,又是如何以快速、激情的小动作相互爱抚。

"玛丽就会没事的,"卡罗琳道。"她喝的茶里加了点特别的东西,不过她就会没事的。"

"茶?"科林迟钝地重复道。当他在他们俩的进逼下向后退缩时,胳膊肘碰到了桌子,把香槟酒瓶给打翻了。

"真是浪费,"当科林快速转身把瓶子扶正的时候,罗伯特道。罗伯特和卡罗琳绕过地板上那摊酒迹,罗伯特朝科林伸出胳膊,像是要用拇指和食指捏住他的下巴。科林把头向后一仰,又后退了一步。他正背后就是那个巨大的敞开的窗户。玛丽可以看到西边的天空如何正在渐渐暗下来,高高的云丝如何调整为长长的、纤细的手指,像是为了指向太阳注定西沉的方向。

夫妻俩现在已经分开,正从两侧向科林逼近。他直勾勾

154

地望着玛丽,而她所能做的一切不过是张开她的嘴唇。卡罗琳已经把手放在科林的胸上,一边抚摸一边说,"玛丽完全理解。我已经跟她解释了一切。私下里,我觉得你也完全理解。"她开始把他的 T 恤从牛仔裤里拉了出来。罗伯特把伸出的那条胳膊撑在墙上,跟科林的头平齐,整个把他框在当中。卡罗琳正在爱抚他的腹部,用手指轻轻捏弄着他的皮肤。玛丽盯着看的虽说一直是室外的光亮,而窗边那三个人衬着背后的天空形成一组剪影,她却清清楚楚地看到了每一个动作那确凿无疑的淫猥意味,看到了私密的性幻想中的每一细微之处。她之所见带来的强烈冲击榨干了她言语和动作的能力。罗伯特空下来的那只手正在探询科林的脸,用手指将他的嘴唇掰开,抚摸着他鼻子和下巴的曲线。有整整一分钟时间,科林呆呆地站着,一动不动,毫无反抗,因绝对的茫然不解而动弹不得。只有他的脸色,由迷惘到恐惧,最后限定于困惑和努力地搜索枯肠。他的目光仍定定地与她相接在一起。

白日将尽时通常会有的那种喧闹,从熙攘的街道上升上来——人声、厨房里锅碗瓢盆的磕碰、电视机的声响——反而加剧了,而非充塞了陈列室里的静默。科林的身体开始绷

155

紧。玛丽可以看出他两腿的颤抖,他胃部的一阵抽紧。卡罗琳发出"嘘嘘"的声音示意他放松,她伸出手来放在了他心脏的正下方。就在那一刻,科林突然纵身一跃,两条胳膊向前伸出,就像个跳水运动员,用前臂砰的一声把挡了他去路的卡罗琳的脸撞开,抓住罗伯特的肩膀,一拳打得他退后一步。科林穿过两人的间隙朝玛丽奔去,手臂仍旧前伸,仿佛他可以一把将她从椅子上拽起来,跟她一起飞到安全的地方。罗伯特及时醒过神来,朝前猛地一扑,抓住了科林的脚踝,将他摔倒在地,离玛丽的椅子只几步之遥。他已经挣扎着要站起来了,却被罗伯特擒住了手脚,把他半扛半拖回卡罗琳身边,那女人正捂着自己的脸。在那儿他把科林拽起来,把他朝墙上猛撞,把他控制在那里,用巨大的手紧紧地扼住科林的咽喉。

现在,这三人组又在玛丽面前回复到跟原来很相像的位置。沉重的呼吸声逐渐平复下来,外面的声响再次涌进来,衬托出房间里的静默。

罗伯特终于平静地说,"这完全没有必要,不是吗?"他手底下扼得更紧了。"不是吗?"科林点了点头,罗伯特把手松开了。

"你看,"卡罗琳说,"你把我嘴唇都撞破了。"她把下嘴唇上的血迹都集中到食指上,然后把血涂抹在科林的嘴唇上。

他并没有抗拒她。罗伯特的手仍放在他脖子根靠近咽喉的地方。卡罗琳又往手指尖上转移了更多她自己的血,直到把科林的嘴唇涂抹得猩红欲滴。然后,罗伯特用前臂紧紧压住科林的上胸,深深地吻在他的嘴唇上,他这样做的时候,卡罗琳就用手抚摩着罗伯特的后背。

他直起身子以后,科林大声地吐了好几口唾沫。卡罗琳用手背把他下巴上粉红的口水痕迹擦掉。"傻孩子,"她低声道。

"你们给玛丽吃了什么?"科林语气平稳地说。"你们想要什么?"

"想?"罗伯特说。他已经从他的餐具橱里取了样什么东西,不过他用手护着,玛丽看不出是什么。"'想'可不是个很好的字眼。"

卡罗琳开心地大笑。"'需要'也不是。"她从科林身边后退一步,扭头看着玛丽。"还醒着呢?"她叫道。"你还记得我告诉你的一切吗?"

玛丽正仔细地观察罗伯特紧扣在手里的东西。突然那东西暴长出一倍,这下她是看得清清楚楚了,虽然她身上的每一块肌肉都紧绷起来,可是只有她右手的手指能软绵绵地攥起来。她大喊,再次大喊,可发出来的只不过是一声叹息。

157

"你们想要什么我都答应，"科林道，他声音里那种平稳的调子全然不见了，因为恐慌而尖利起来。"但求你们给玛丽找个医生来。"

"很好，"罗伯特说着抓住科林的胳膊，把他的手掌转过来朝上。"看看这有多容易，"他说，也许是自言自语，说着用剃刀轻轻地、几乎是开玩笑地在科林的手腕上一划，把动脉整个切开了。科林的胳膊猛地往前一伸，他喷射而出的黏稠的血线，在暮光下呈橙红色，落在距玛丽的膝前仅几英寸的地方。

玛丽闭上了眼睛。再次睁开的时候，科林已经跌坐在地板上，靠着墙，两条腿八字形前伸。稀奇的是，他的帆布沙滩鞋被血浸透了，染成了猩红。他的头在肩膀上摇摆，可眼睛却坚定而又清纯，带着难以置信的神气穿过房间灼灼地注视着她。"玛丽？"他焦急地叫道，就像一个人在黑屋子喊人似的。"玛丽？玛丽？"

"我就来，"玛丽说。"我就在这儿。"

当她再次醒来，经过了一次似乎没完没了的睡眠，但见他的头斜倚在墙上，他的身体已经收缩起来。他的眼睛仍旧睁着，仍旧望着她，疲惫不堪，没有任何表情。她隔着很远的距离看到他，虽说她的视觉将其他所有的一切都排除在外，看到

158

他坐在一个小水潭面前,水潭被透过百叶窗投射下来的带条纹的菱形光柱给映红了,百叶窗现在已经拉下来了一半。

在接下来的整个夜里,她不断梦到呜咽和哀告,还有突然的喊叫,梦到几个人形扣锁在一起并且在她脚下翻滚,在血泊里翻腾,欣喜若狂得大喊大叫。她被从她背后的阳台上升起的太阳唤醒了,阳光透过玻璃门晒暖了她的颈背。已经过去了很长、很长时间,因为地板上留下来的杂沓痕迹已经变成了铁锈色,门边放着的行李也已经不见了。

在登上通往医院的砾石车道之前,玛丽停下脚步,在门房的阴影里休息了一会儿。她身边那位神态疲惫的官员还挺耐心的。他把公文包放下,取出太阳镜,又从胸袋里掏出块手帕擦拭镜面。女摊贩们正在把各自的货摊组装起来,准备迎接早上最早的一批访客。一辆破烂不堪的运货车围着坑坑洼洼的铁皮,正在将鲜花分送给各个卖花人;更近些的地方,一个女人正从一个航空公司用的大旅行提袋里往外拿十字架、小雕像和祈祷书,把它们摆放在一张折叠桌上。远处,医院的门前,一个园丁在为车道洒水,把尘土压下去。那位官员轻轻地清了清嗓子。玛丽点点头,他们再度出发。

一个已经变得很明显的事实是:这个拥挤、混乱的城市遮蔽着一个兴旺、复杂的官僚机构,一种由职能既分离又重合、程序和阶层各不相同的各政府部门构成的隐藏的秩序;她曾在街上经过无数次的某些毫不张扬的门面,通向的并非私人的住家,而是空荡荡的候见室,挂着火车站的大钟,听得到持续不断的打字声,或者是逼仄的、铺着棕色地毡的办公室。她受到盘问,反诘,被反复拍照;她要口述各种声明,签署各种文件,还要辨认无数照片。她拿着一个封口的信封从一个部门跑到另一个部门,重新又被盘问一遍。那些身穿运动夹克、神态疲惫的年轻官员——也许是警察,或者文职公务员——待她很客气,他们的上司也是一样。一旦她的婚姻状况得以澄清,再加上她一双儿女都在几百英里以外的事实,尤其是她面对无数次的盘问一直坚称她从来就没打算跟科林结婚,大家对她的态度就变得既客气又怀疑了。她显然也就更多地成为一个信息的来源,而非他们关切的对象了。

不过这样也好,同情弄不好会压垮了她。实际上,她惊骇不已的状态被拉长了,她的各种情感简直全都付之阙如。要她做什么她完全照做,毫无怨言,问她什么她都一五一十

160

地回答。她这种缺乏自觉情感的表现更加重了人家对她的怀疑。在副司法官的办公室里,人家还恭维她的陈述如此精确而又富有逻辑的一贯性,完全避免了容易导致歪曲真相的感情用事。那位官员冷冷地总结道,"根本就不像个女人的陈述。"她身后还发出几声窃笑。虽说他们确定无疑,并不相信她犯下了任何罪行,大家对她的态度仍旧像是她已经被副司法官本人的定性——而且特意翻译给她听的"肆无忌惮的淫乱"给玷污了。在他们的盘问后面隐藏着这样一个假设——抑或不过是她的想象?——她出现在这样一种犯罪当中在他们看来实属理所当然,就像一个纵火犯出现在了别人纵火的现场。

同时呢,他们向她描述这次犯罪的时候,又彬彬有礼地将它当作司空见惯的无聊琐事般归入一个既定的类别当中。这个特别的部门在过去的十年间已经处理过好几宗这样的犯罪,当然细节上容或有不同。一位制服笔挺的高级警官在候见室给玛丽端来一杯咖啡,紧挨着她坐下来后,给她解释了几点此类犯罪的基本特征。比如,受害者由加害者公然展示出来,并且显然对其有身份上的认同。还有,加害者在准备工作上的两面性;一方面是细心周到——他扳着指头一一细数偷拍照片、备好麻醉药、把公寓里的家具都卖掉,还有事先把行李都收拾好;而另一方面又是任性胡为——他再次——列举——像是把剃刀留下、预订航班以及持合法的护照旅行。

这位警官的列举还要长得多,不过玛丽已经没心思去听了。他最后轻拍着她的膝盖总结说,对于这些人来说,好像被抓住、受到惩罚就跟犯罪本身同样重要。玛丽耸了耸肩。这些"受害者"、"加害者"、"犯罪本身"等等的字眼都毫无意义,根本不能说明任何问题。

她在旅馆的房间里把衣服叠好,放进他们各自的箱子。因为他的行李箱里还有点多余的空间,她就把她的鞋子和一件棉布外套塞进了科林的衣物当中,就像当初他们来的时候一样。她把手里的零钱都给了那位帮他们打扫房间的女服务员,把那几张一直没有寄出的明信片夹在护照的最后几页中。她把剩余的大麻都碾碎了,扔到面盆里冲了下去。傍晚的时候她跟两个孩子通了个电话。他们都很友好,但也很疏远,好几次要她再重复一遍说过的话。她能听到在他们那头开着台电视机,而在她这边,她听到她自己的声音通过听筒传过去,一心想骗得同情和关爱。她前夫过来听电话,说他正在做咖喱饭菜。她星期四下午会来接孩子们吗?她能不能更精确一点？打完电话以后，她在她的床边坐了很久，阅读她机票上那些小字印刷的附属细则。她听到外面传来机床持续切割金属的声音。

在医院门口，穿制服的警卫越过她头顶草草地朝那位官员点了下头。他们走下两段楼梯，然后沿一条凉爽、冷落的走廊朝前走。每隔一段距离，墙上都装有红色的消防软管的滚筒，滚筒下面是一桶桶的沙子。他们在一道有面圆窗的门前停下来。官员请她稍等，先进去了。半分钟后，他为她把门打开。他手上拿着一札文件。房间很小，没有窗户，有浓重的香水味。由一根荧光灯管照明。有一道双开式弹簧门，上面也有圆窗，通向一个更大的房间，可以看到有两排带罩的照明灯管。横在房间当中的就是托着科林的一条又窄又高的长凳，旁边还摆着个木头凳子。科林仰面躺着，被床单蒙着。那位官员熟练地把床单撩开，朝她瞥了一眼；当着尸体和官员的面进行了正式的身份确认。玛丽签了字，官员叹了口气，识趣地悄悄退下。

过了一会儿，玛丽在凳子上坐下，把手放在科林的手上。她有心解释一下，她想跟科林说说话。她想把卡罗琳的故事讲给他听，尽量地不走样，然后她还想把所有这一切都解释

163

给他听,告诉他她的理论,在这个阶段当然还只是种假设,它解释了想象,性的想象,男性施加伤害的古老梦想,以及女性遭受伤害的梦想,是如何体现并揭示了一种强有力的单一的组织原则,它扭曲了所有的关系,所有的真相。可她什么都没解释,因为有个陌生人把科林的头发给梳错了方向。她用手指帮他把头发梳理好,什么都没说。她握住他的手,抚弄着他的手指。她好几次想呼喊他的名字,可终究没有发出声音,仿佛复诵能够将意义还给字眼,并能使它的所指起死回生。着急的官员在圆形的窗洞上出现过不多几次。一个钟头后他带了个护士走进房间。他站在玛丽坐的凳子后头,那位护士像对一个孩子一样低声细语,把玛丽的手指从科林的手指上掰下来,领着她朝门口走去。

玛丽跟在官员后头沿走廊往外走。上楼梯的时候,她注意到他鞋子的鞋跟已经磨损得高低不平了。寻常事物在一瞬间占了上风,她蓦然感到一丝早就等在一旁的悲痛。她大声清了清嗓子,她自己的声音驱走了那种感受。

年轻的官员在她之前踏进明亮的阳光中,停下来等她。他把公文包放下,理了理浆硬的白色衬衣袖口,彬彬有礼地略一躬身,表示愿意陪她走回旅馆。

164

译后记

　　伊恩·麦克尤恩自一九七五年以惊世骇俗的《最初的爱，最后的仪式》初登文坛，至二〇〇七年以温情怀旧的《在切瑟尔海滩上》回顾自己这代人的青春岁月，忽忽已走过三十几年的小说创作历程，他自己也已经由挑战既定秩序、伦理的文坛"坏孩子"、"恐怖伊恩"（Ian Macabre）渐渐修成正果，由边缘而中心，如今竟俨然成为英国公认的"文坛领袖"、"国民作家"（national author），将马丁·艾米斯、朱利安·巴恩斯等鼎鼎大名的同辈作家都甩在了后面。

　　尽管麦克尤恩的创作一直跟"人性阴暗面"、"伦理禁忌区"和"题材敏感带"联系在一起，他的运道其实一直都不错。从一开始，读者和评论界就都很买他的账，哪怕是批评，也是将他的作品当作真正的文学创作严肃对待的。这一点实在意味深长。麦克尤恩三十几年的文学创作有一以贯之的线索,也几经转向和突围,作家关注的主题和表现出来的态度都有过巨大的改变。刚庆祝过六十岁生日的麦克尤恩正渐入佳境,此时对作家做任何定论都嫌唐突,不过仅就麦克尤恩已经完成的十部长篇(《水泥花园》《只爱陌生人》《时间中的孩子》《无辜者》《黑犬》《爱无可忍》《阿姆斯特丹》《赎罪》《星期六》和《在切瑟尔海滩上》)及两部短篇小说集(《最初的爱,最后的仪式》《床笫之间》)而言,评论界公认他已经成就了《水泥花园》和《只爱陌生人》两部"小型杰作"、《无辜者》和《赎罪》这两部"杰出的标准长度"的长篇小说,其余的作品至少都是"非常优秀"的佳作。

"小型杰作"之一的《只爱陌生人》(*The Comfort of Strangers*)出版于一九八一年,跟先前的《水泥花园》(1978)一样,是典型的"恐怖伊恩"时期的代表作,着力探索的是变态性爱在人性当中的位置及深层原因。如果说《水泥花园》表现的青春期姐弟的乱伦已经是"惊世骇俗",那么《只爱陌生人》则已经升格为施-受虐狂,直至虐杀和奸尸(止于暗示),还有一种蓬勃的男同性恋的欲望作为托底。说到这里我得赶紧澄清一句,老麦写的可绝非乌烟瘴气的地摊文学,

166

而是具有高度艺术性的文艺小说,他之所以乐此不疲地深挖这些人性的黑暗面并非只是为了猎奇,甚或满足自己的"嗜痂之癖",对于人性各个层面的拓展和深挖,正是严肃文学最根本的诉求之一。

《只爱陌生人》是一部技巧高度纯熟、意识高度自觉的小长篇,其叙述声音的"正式"甚至风格化使读者的注意力更多地关注于小说讲述的方式,而非小说讲述的具体内容。而叙事角度又是讲述方式的最基本的技巧和最直观的体现,我们就先来关注一下本书的叙事角度。

小说的叙事角度可分为"内部"和"外部"两大类,体现在叙述人称上分别对应"第一"和"第三"人称。《水泥花园》采用的是第一人称的、完全限定于主人公杰克的内部视角叙事。相比而言,《只爱陌生人》的叙事策略则要复杂得多。首先,它当然是"外部视角"也即第三人称的叙事,大部分采用的是所谓的"有限的全知视角",即叙述者并非全知全能,而是通过某个人物的视角展开叙事。具体说来,小说在很大程度上是通过科林和玛丽的思维和视角交替呈现的,而两人当中我们更多的又是通过玛丽的眼睛来看——这一点意味深长,因为,怎么说呢,传统上更多的是由男性角色来看,女性被看。"看"与"被看"也是一种权力—欲望关系的体现,一般是男性来看女性,女性挑起男性的欲望。可是在这部小说中,对科林的面容和身体最细致入微的描写却是通过玛丽的眼睛呈现出来的,而且此时"被看"的科林全身赤裸,成为一个典型的欲望的对象(见第五章)。事实上,整个小说居于中心的欲望对象正是男性的科林,而非女性的玛丽和卡罗琳。他在踏上这个城市的第一天,就被罗伯特偶然撞见,从此就成为罗伯特和他妻子卡罗琳的欲望对象,成为这对沉溺于S/M不能自拔,甚至连逐步升级的性虐都已经不能使他们得到满足的夫妻的一剂强心针和不折不扣的催情剂。罗伯特几乎没日没夜地跟踪科林,偷拍了无数张科林的照片,而卡罗琳则出主意将所有这些照片统统挂在卧室里,成为满足这对变态夫妻最疯狂春梦的道具,而且最终春梦成真,终于上演了那出虐杀和奸淫的恐怖戏剧。玛丽虽"也很漂亮",而且相当"chic",可在这部疯狂淫乱的大戏当中几乎根本没有她的位置,罗伯特和卡罗琳将出现在偷拍照片中的玛丽形象全部剪去,只留下科林,再清楚不过地表明了他们欲望所指的对象根本就与玛丽无关。在真正上演那出蓄谋已久的虐杀和奸淫活剧的时候,他们给玛丽安排的角色也只是旁观,自然,在有第三者旁观的情况下显然也会加倍刺激——事实上,"旁观者"也正是玛丽在整部小说中充当的角色,整个故事大体上就是通过玛丽的视角所呈现的。

　　说到科林被偷拍的情节,作者显然做了精心的铺排:先是科林和玛丽被罗伯特强拉到家里休息,晚饭后即将告辞的时候玛丽注意到书架上有张经过放大、颗粒已经很模糊的照片,她看了几秒钟后就被罗伯特要了回去。然后是在旅馆里跟科林接连缠绵了三天后,玛丽一大早先到底下的浮码头咖啡馆坐着,科林在阳台上招手跟她打招呼——玛丽突然一阵极度地不安:科林的姿态使她想到了什么,可具体是什么又怎么都想不起来。整整一天玛丽都心神不宁,直到凌晨时分她大叫一声从梦中惊醒,才突然想明白:她在罗伯特家里看到的那张照片拍的竟是科林!是站在阳台上的科林。这一发现具有极强的心理冲击力,甚至可以说极度惊悚。其强度堪比村上春树《斯普特尼克恋人》中的"敏"在摩天轮上透过自己房间的窗户看到自己在跟一个男人做爱,甚或大卫·林奇《妖夜慌踪》中男主角收到的拍摄他们卧室镜头的录像带。这样"强大"的发现往往都有致命的后果,《只爱陌生人》的主人公也正是在这一发现之后逐渐走上不归路的。

169

玛丽的视角以外还间以科林的视角,有时与其平行,有时与其交叉,但两人的视角几乎从不重合,这使两人看似亲密无间的关系显得可疑起来,暗示出两人对世界的接受和认识是相当不同的。这可以理解为两人实际上貌合神离,也可以解读为作者本来就对人们之间的相互理解持一种悲观态度:哪怕亲密如科林和玛丽者,也终究难以心心相印。在两人穿越空旷的街道去找寻饭馆以及从罗伯特的酒吧出来、一直到(尤其是)筋疲力尽地在广场上等着叫喝的,两人的貌合神离表现得淋漓尽致。除此之外,科林的视角有几处也颇值得关注:先是第一章写科林看到一个上了年纪的游客想给他妻子拍照的插曲,貌似闲笔;再就是第八章玛丽先下水去游泳以后的情节,全由科林的眼睛和思维来展现:他对海滩上一摊泡沫中映出的几十个完美的微型彩虹迅速破灭的观察,已经有了"美好的东西终将破灭"的暗示,这是继玛丽从噩梦中惊醒后,情势即将急转直下的再一次气氛上的渲染。而科林以为玛丽出了意外,拼力朝她游去的整个过程虽说有惊无险,但即将发生不测的感觉却一直如影随形。通过科林的视角呈现的最后、也是最重要的一段情节就是罗伯特只带科林一人再度去他的酒吧的全过程,这个过程除了将罗伯特对科林的欲望明白揭示出来以外,在旅途的终点,还最后一次通过科林的眼睛重新检视了一遍周围这个美妙与凶险并存的世界,虽有些许的叹惋和留恋,更多的还是暗示出对"只爱陌生人"的执迷不悔。

罗伯特和卡罗琳这另外一对中心人物的外部形象,我们只能通过玛丽和科林的眼睛和思维进行观察和体味,不过除此之外,作者又分别让这两个人物以直接诉说的方式将各自的历史和盘托出,不惜占据相当大的篇幅。因为这些内容是无法通过玛丽和科林的视角予以呈现的,而读者又必须充分了解这些事实,否则就无法理解他们之间 S/M 关系的由来以及他们对科林的共同欲望了。罗伯特和卡罗琳这两段详尽的自白在基本上是以"有限的外部视角"呈现的整部小说中显得非常突出,甚至略显突兀。

小说除了以科林和玛丽的视角以及罗伯特和卡罗琳的自白呈现之外,我们还有一个明显的感觉,即:小说中还有一个超越于所有人物之上的第三人称的叙述声音贯穿始终。在一部小说中,除非作者刻意为之,读者很容易跟叙述的声音产生认同,如果小说是通过某个人物讲述或者通过其视角展现的,读者也就很容易认同于这个角色。而这种认同感却正是《只爱陌生人》避之唯恐不及的，小说首先避免通过单一人物的视角呈现出来，不断地在两个主要人物玛丽和科林之间跳动不居，而且正如我们前面已经提到的，两人的视角尽管平行、交叉，却几乎从不重合。而人物视角以外的这个第三人称的叙述者又刻意避免认同小说中的任何一个角色，它的语调始终是客观、不动声色和就事论事的。即便是像上述玛丽从噩梦中惊醒，省悟到照片拍的就是科林这样关键性的"逆转"，还有两人受到罗伯特和卡罗琳夫妇的刺激，性生活由原来的渐趋平淡转而充满激情这样的重大事件，那个居高临下的叙述声音也始终不肯有丝毫的渲染，决不肯踏入角色的内心半步，仅限于像个镜头般将整个过程呈现出来。

于是，《只爱陌生人》这部小长篇复杂精微的叙述方式也就产生了一种复杂精微的结果：一方面，它当然允许读者进入主要角色的视角，另一方面又持续不断、坚持不懈地"阻挠"读者对任何角色产生完全的认同，其结果就是读者既完全了然，又不偏不倚，对人物烂熟于心却又不会有任何的"代入"感。张爱玲讲"因为懂得，所以慈悲"，麦克尤恩却既让你"懂得"，又不让你去"慈悲"。他不断地故意让你感觉到那个客观的叙述声音的存在，让你意识到作者的在场，最终目的就是提醒读者:你在阅读的是一部具有高度叙事技巧的艺术作品,而绝非对一场变态凶杀案的大事渲染甚或客观公正的报道。

叙事的高度艺术化乃至风格化的结果,如我们前面已经约略提到的,最直接的结果就是导致读者对于小说是如何讲述的兴趣盖过了小说讲述的是什么,对于"怎么讲"的关注超过"讲什么"本是所谓"现代小说"的主要追求之一,具体到《只爱陌生人》(以及《水泥花园》等几部高度风格化的小说),如果深究下去,大约还有如下两个目的:其一,使小说的意义超出了对这两对男女之间具体的变态性欲故事的描述,迫使读者将其放在具有普遍意义的男女关系的大背景下进行观照,以这个具体案例来探讨男权与女权、权力与欲望等重大课题。再有可能就是因为题材本身的"不洁"——以优雅干净的文字讲述"变态"、"不洁"的故事已经成了麦克尤恩的招牌,"只此一家,别无分店"。

同复杂的叙事相映成趣的是小说中对"时间"和"空间"非同一般的处理方式。《只爱陌生人》中的"时间"同样集"特别"与"一般"于一身,一方面,故事给人的感觉就发生在当下

（大麻烟啦，瑜伽啦等等），可另一方面又使人隐隐觉得像是在看一个寓言，无始无终。两对主要角色与时间的关系更是意味深长：科林和玛丽就像是乘坐时间机器穿越而来一样，我们在他们身上看不到丝毫过去的影子——虽然我们明明知道玛丽离过婚，有两个孩子，科林曾想从事演艺事业，而且他们俩在一起已经七年了，但所有这些跟他们当下的行为几乎没有丝毫有机的关联。他们来到这个貌似威尼斯的旅游胜地本来应该是度假的，可是两个人既不去观光又不去购物，整天窝在一家毫无特色的旅馆里仿佛就要天长地久地这么待下去，只有在饿得不行的情况下才被迫踏上荒凉的街道去找吃的。（小说引自切萨雷·帕韦斯的第二段题词意味深长。）而罗伯特与卡罗琳与时间的关系则正好相反，两人背负着过去沉重的负担，作者所以不惜篇幅，分别让这两个人以直接引语的形式将自己的过去详尽地道出。罗伯特那个家庭博物馆就正是对于过去和历史的永志不忘，可以说没有过去就没有这两个人的现在。科林和玛丽受到罗伯特和卡罗琳的诱惑，一步步陷入他们的陷阱以至于科林终遭惨死厄运的过程，是否可以解读为：一心想摆脱历史与时间的努力终于还是被历史和时间所吞噬，由此而揭示出人面对自己的生

174

存境况的莫可奈何。

　　小说中的"空间"比"时间"还要有趣。一方面,故事的发生地明显就是威尼斯,可是作者又从来不肯挑明。除了种种对这个城市的描述让稍具常识的读者都认定这是威尼斯以外,作者还特意埋下伏笔,留待有心的读者去进一步索解。浅显一些的伏笔例如对玛丽和科林待过的那个"巨大的楔形广场"的描写(这明显就是著名的圣马可广场),当时两人饥渴困乏到极点,在这种精神状态下,周围的环境遂呈现出梦魇般既切近又荒诞的感觉,就是在这种情况下,科林跟在玛丽后面注意到一个婴儿与大教堂那匪夷所思的滑稽并置,第三人称的那个叙事者更是引用了"曾有人"对教堂圆顶的描述:"说那拱形的顶端,仿佛在狂喜中碎裂成为大理石的泡沫,并将自己远远地抛向碧蓝的苍穹,电光石火、天女散花般喷射而出又凝固成型,仿佛滔天巨浪瞬间被冰封雪盖,永不再落下。"这个人就是罗斯金,这段引文正是罗斯金在其名著《威尼斯的石头》中对于圣马可教堂的描述。仅凭这一点,威尼斯的定位似乎就已经确认无疑了,可为什么作者宁肯曲里拐弯地去暗示,却又"抵死"都不肯戳破这层窗户纸呢?主要的意图恐怕还是将小说从特定的地点抽离出来,使其具有更广泛的意义：这段离奇、变态的故事并非只发生在威尼斯，而是可能发生在任何陌生的所在，发生在任何一个陌生人身上。还有，时至今日，有关威尼斯的文学描写早已是汗牛充栋，层层累积之后的结果，人们对于这个城市已经形成了一种固定观念，而麦克尤恩采用这种既暗示又避免明确命名的策略，则既可以引起读者无数的文学联想，而又避免了僵硬的程式化定位。

事实上，《只爱陌生人》是一个跟众多经典文本具有高度互文性的"后现代"文本。除了上述对罗斯金半遮半掩的援引以外，批评家们至少已经点出了这个文本与 E·M·福斯特《看得见风景的房间》、亨利·詹姆斯《阿斯彭手稿》以及达芙妮·杜穆里埃甚至哈罗德·品特等众多作品的"互文"关系，具体的表现或是"正引"，或是戏仿，或是反其道行之，不一而足。在《只爱陌生人》与之形成有意味的"互文"的所有经典文本中，关联性最强又最意味深长的则当属托马斯·曼的著名中篇《死于威尼斯》——这部作品的篇名几乎可以用作《只爱陌生人》的副标题，反之也完全成立。两部作品处理的都是"死亡"与男同性恋欲望的主题，两部作品均以男性之美(一种属于少年的阴柔的男性美,而非阳刚之美)作为美的理想和欲望的对象,追逐这种美的也都是年老以及相对年长的阿申巴赫和罗伯特,追逐的结果也都以死亡告终。不同之处在于死亡的对象正好相反,在《死于威尼斯》中是美的追求者甘愿为理想之美殉身,而在《只爱陌生人》中则是美的追求者为了满足自己的欲望,最终将美的对象摧残致死——《死于威尼斯》是对美的顶礼膜拜,而《只爱陌生人》则是对美的摧残迫害。不同的还有叙事的角度:前者的有限全知视角限定于美的追求者阿申巴赫,而后者则正好相反——正如我们上文所说,叙事角度的不同又会直接导致读者对于小说人物接受态度的不同。

对于科林和玛丽在罗伯特的同性恋酒吧里听到的那首歌,小说是这样描述的:"他们都在聆听的那首歌,因为没人讲话,声音很高,带着那种快快活活的感伤调调,由整个管弦乐队来伴奏,那个演唱的男声里有种很特别的呜咽,而频繁跟进的合唱当中却又夹杂有嘲弄性的'哈哈哈',唱到这里的时候,有几个年轻男人就会把烟举起来,迷蒙起双眼,皱起眉头加进自己的呜咽。"这段描述明显地是在向《死于威尼斯》致敬,后者对主人公阿申巴赫听歌的情节有如下的描述:"这支歌曲,阿申巴赫记不起过去在哪儿听到过,曲调粗犷奔放,唱词里用的是难懂的方言,副歌就像哈哈的大笑,大家一起扯开了嗓门一起合唱。这段副歌既没有唱词,也不用伴奏,只是一片笑声,笑声富有节奏和韵味,但又十分自然。特别是那位独唱歌手在这方面表演得极富才能,有声有色,活灵活现。"(基本采用钱鸿嘉先生的译文,略作调整。见《托马斯·曼中短篇小说选》第367页,上海译文出版社1986年7月第一版。)

也正因此,从《只爱陌生人》与众多经典文本的关系看来,在某种程度上我们可以说这部小说是对经典文本的有意的"重写",而这种说法丝毫不会贬损麦克尤恩的原创性。当代艺术小说与经典文本构成的"互文性"正是当代小说艺术性的一个重要的特征,这就如同我们古典诗词中的"用典"一样的道理,它能在有限的篇幅之内创造出无限纵深的可能,赋予单一的文本多层次和多侧面的丰富内涵。当然,这同时也对当代艺术小说的读者提出了更高的要求。

最后,我想就四个主要的人物形象再略作分说。表面看来,科林和玛丽、罗伯特和卡罗琳正代表了两类相对立的男女—性爱关系。科林和玛丽简直是一对璧人,两个人都很漂亮,两人又非常亲密,玛丽显然具有明显的女权意识,科林又丝毫没有大男子主义的男权思想;两人还都很"酷",玛丽一直在练瑜伽,科林经常吸吸大麻;很"chic",都对自己的外表非常在意——只是表面看来挺和谐的性爱其实已经陷入倦怠。罗伯特和卡罗琳却像是科林和玛丽的反面:罗伯特具有明显的男权、甚至男性沙文主义意识,卡罗琳则像是传统的贤良温婉女性的典范;两人的关系从来都谈不上亲密,两个人的婚姻差不多完全是两个家族之间的"示好"。更为严重的是,两个人在性爱和心理方面已经深深陷入 S/M 的关系当中,不能自拔。两对男女的邂逅正好发生在他们的关系,特别是性关系都陷入倦怠或僵局之际。科林和玛丽前来度假的第一天就被罗伯特所意外撞见,当时他就偷拍了科林的照片,而且他并没有把照片——他最新的欲望对象藏起来私下里欣赏,而是带回家里跟卡罗琳一起分享。两人简直如获至宝,都将科林视作挽救他们已然完全陷入僵局的性关系的救命稻草("只爱陌生人!")。当罗伯特把更多偷拍的科林照片带回来的时候,正如卡罗琳毫不隐讳地对玛丽坦白的:"我们重新又越来越亲近了。把它们(所有偷拍的科林照片)挂

179

在这儿(床前)是我的主意,这样我们只要一抬头就能尽收眼底。我们会在这里一直躺到早上,商量着各种计划。你怎么都不会相信我们都编制了多少的计划。"而他们终于将科林和玛丽(主要是科林)带到家中,并最终引诱两人自投罗网,满足了他们最疯狂,也可以说最变态的性幻想,还是用卡罗琳自己的话说那可真是"梦想成真"了。

那么表面看来完全"正常"的科林和玛丽这边又是怎样的情况呢?与罗伯特的邂逅、被罗伯特半拉半拽到他的同性恋酒吧,特别是第二天半推半就地跟罗伯特回家以后,当他们再度回到旅馆两个人的世界里,他们惊讶地发现两人之间的性爱重又焕发出无穷的乐趣:"他们的做爱也让他们大吃一惊,因为那种巨大的、铺天盖地的快乐,那种尖锐的、几乎是痛苦的兴奋……简直就是七年前初识时他们体验到的那种激动。"一连四天他们就这么窝在旅馆的房间里几乎足不出户,尽情地享受性爱的刺激和欢愉。那么我们当然要问一句:他们重新享受到的性爱的刺激和欢愉是从哪儿来的?当然是来自罗伯特和卡罗琳这对陌生人显然不正常的性爱关系的刺激!("只爱陌生人!")他们原本太"正常"了,太"完满"了,而现在,原本只有一种"正常"的可能的性爱,一下子

180

具有了无限的可能性和新鲜感！两个人虽说还没有将这些可能性身体力行,可是他们已经对"最疯狂的性爱"做好了心理准备:"他们在做爱的过程中,各自在对方的耳边喃喃低语着一些毫无来由、凭空杜撰的故事,能够使对方因无可救药的放任而呻吟而嗤笑的故事,使宛如中了蛊惑的听者甘愿献出终身的服从和屈辱的故事。玛丽喃喃念诵说她要买通一个外科医生,将科林的双臂和双腿全部截去。把他关在她家里的一个房间里,只把他用作性爱的工具,有时候也会把他借给朋友们享用。科林则为玛丽发明出一个巨大、错综的机器,用钢铁打造,漆成亮红色,以电力驱动;这机器有活塞和控制器,有绑带和标度盘,运转起来的时候发出低低的嗡鸣……玛丽一旦被绑到机器上……这个机器就会开始操她,不光是操她个几小时甚或几星期,而是经年累月地一刻不停,她后半辈子要一直挨操,一直操到她死,还不止,要一直操到科林或是他的律师把机器关掉为止。"如此一来,距离最后的付诸实施已经只有一步之遥,而且两人再也抵制不住亲身尝试一下的诱惑了。请注意:我们前面提到的玛丽半夜里从噩梦中惊醒,顿悟到科林竟然一直在被罗伯特偷拍,这一重大转折是发生在他们自愿前往罗伯特家之前的。在明确认识到科林至少是罗伯特的性欲对象之后,这一认识却并没有阻止他们主动再去寻找罗伯特可能提供的"陌生人的慰藉",潜意识里毋宁说更加坚定了他们前去寻找新鲜刺激的欲望。从被人半拉半拽,到自己半推半就,科林和玛丽终于一心一意地投身于罗伯特和卡罗琳处心积虑为他们设下的陷阱。

由此看来,科林和玛丽与罗伯特和卡罗琳也就没有表面上看来的那么泾渭分明了,他们之间相互构成了强大的吸引力,强大到两对之间完全有可能互换的程度。再请注意一点:这四个主要人物的命名取的都是最为普通常用的名字,毫无特殊性,而且连个用以区分人物的姓氏都没有。作者的用意非常明显:除了暗示在这个具体的故事里面这两对人物互为表里、可以互换之外,同时也在强调这四个人物所代表的普遍意义。

四个主要人物里面最"有趣"的无疑就是科林,正如我们前面已经提到的,他是所有其他人物欲望直指的对象。他是个男人,是个极端漂亮(beautiful)的男人,不过他的漂亮是一种阴柔的美,几乎丝毫没有阳刚意味,他不是"英俊",只是"漂亮",是一种将男性与女性美集于一身的美的象征,在这一点上他跟《死于威尼斯》中的美少年塔齐奥殊无二致。小

182

说中多次暗示、明说他身体与精神上的女性或者说中性气质。比如呈现在玛丽这个女性眼里的科林的形象，真是"精致优美"到了极点，在借玛丽的眼睛对科林的"精致优美"事无巨细地详尽描摹过一番之后，更以明确判断的语气点出："他的头发纤细得很不自然，像是婴儿的，纯然黑色，打着卷儿披散在他纤瘦、女性般的脖颈上。"那么科林对自己的认识呢？他的精神气质又是如何？小说中明确写道："科林说他一直以来就很羡慕女性的性高潮，而且他多次体验到他的阴囊和肛门之间生出的一种痛苦的空虚，几乎就是一种肉欲的感觉；他觉得这可能就近乎女性的情欲了。"更重要的是，只要科林与罗伯特单独待在一起，他扮演的就是女性的角色，关键的一幕发生在罗伯特家的晚餐前，罗伯特打科林的那一拳。这是罗伯特有意迈出的试探的一步，看科林是否愿意接受两人中间被动承受的一方的角色，结果科林在一番挣扎之后默认了这一角色。试探成功之后罗伯特就更加肆无忌惮了，在科林和玛丽自投罗网之后，他公然撇下玛丽，提出要科林陪他到酒吧走一趟，而在前往酒吧路过的同性恋街区当中，罗伯特更是将科林当他的性伴侣公开展示，事后也毫不掩饰地告诉科林，他已经到处宣扬他是他的情人了。最明显

183

的当然就是科林最后被罗伯特（以及卡罗琳）当作性玩具亵玩、杀害、奸淫的高潮一幕。"她（卡罗琳）把下嘴唇上的血迹都集中到食指上，然后把血涂抹在科林的嘴唇上。他并没有抗拒她。罗伯特的手仍放在他脖子根靠近咽喉的地方。卡罗琳又往手指尖上转移了更多她自己的血，直到把科林的嘴唇涂抹得猩红欲滴。然后，罗伯特用前臂紧紧压住科林的上胸，深深地吻在他的嘴唇上，他这样做的时候，卡罗琳就用手抚摩着罗伯特的后背。"至此，科林已经完全完成了在性关系当中向女性角色的转变。

托马斯·曼后来曾这样谈到《死于威尼斯》这部中篇杰作："《死于威尼斯》的确是一个名副其实的结晶品，这是一种结构，一个形象，从许许多多的晶面上放射出光辉。它蕴含着无数隐喻；当作品成型时，连作者本人也不禁为之目眩。"如果把这段话移来称赞《只爱陌生人》这部"小型杰作"，我想也是完全恰如其分的。

冯涛

二〇〇九年八月

图书在版编目(CIP)数据

只爱陌生人/(英)伊恩·麦克尤恩(Ian McEwan)著;冯涛译.
—上海:上海译文出版社,2018.6(2025.5重印)
(麦克尤恩作品)
书名原文:The Comfort of Strangers
ISBN 978-7-5327-7774-7

Ⅰ.①只… Ⅱ.①伊… ②冯… Ⅲ.①中篇小说—英
国—现代 Ⅳ.①I561.45

中国版本图书馆 CIP 数据核字(2018)第 042395 号

Ian McEwan
THE COMFORT OF STRANGERS
Copyright © 1981 by Ian McEwan
This edition arranged with ROGERS, COLERIDGE & WHITE LTD(RCW)
through Big Apple Agency, Inc., Labuan, Malaysia.
Simplified Chinese edition copyright:
2018 Shanghai Translation Publishing House(STPH)
ALL RIGHTS RESERVED.

图字号:09-2008-535 号

只爱陌生人
〔英〕伊恩·麦克尤恩 著 冯 涛 译
责任编辑 / 管舒宁 装帧设计 / 储平工作室

上海译文出版社有限公司出版、发行
网址:www.yiwen.com.cn
201101 上海市闵行区号景路159弄B座
江阴市机关印刷服务有限公司印刷

开本 850×1168 1/32 印张 6 插页 5 字数 81,000
2018 年 6 月第 1 版 2025 年 5 月第 3 次印刷
印数:11,501—12,500 册

ISBN 978-7-5327-7774-7
定价:49.00 元